U0102788

大宋穿越指南

临安十二时辰

冯晓雪 著

浙江摄影出版社

全国百佳图书出版单位

责任编辑：贺 璐 盛 洁
装帧设计：浙信文化
责任校对：高余朵
责任印制：汪立峰
联合出品：浙江画报社

图书在版编目（ＣＩＰ）数据

大宋穿越指南 ： 临安十二时辰 ／ 冯晓雪著． －－ 杭
州 ： 浙江摄影出版社，2023.7
ISBN 978-7-5514-4544-3

Ⅰ．①大… Ⅱ．①冯… Ⅲ．①中国历史－宋代－通俗
读物 Ⅳ．①K244.09

中国国家版本馆CIP数据核字(2023)第101835号

DASONG CHUANYUE ZHINAN LIN'AN SHIER SHICHEN

大宋穿越指南：临安十二时辰

冯晓雪 著

全国百佳图书出版单位
浙江摄影出版社出版发行
　　地址：杭州市体育场路 347 号
　　邮编：310006
　　电话：0571-85151082
　　网址：www.photo.zjcb.com
制版：杭州浙信文化传播有限公司
印刷：浙江海虹彩色印务有限公司
开本：710mm×1000mm 1/16
印张：14
2023 年 7 月第 1 版　 2023 年 7 月第 1 次印刷
ISBN 978-7-5514-4544-3
定价：68.00 元

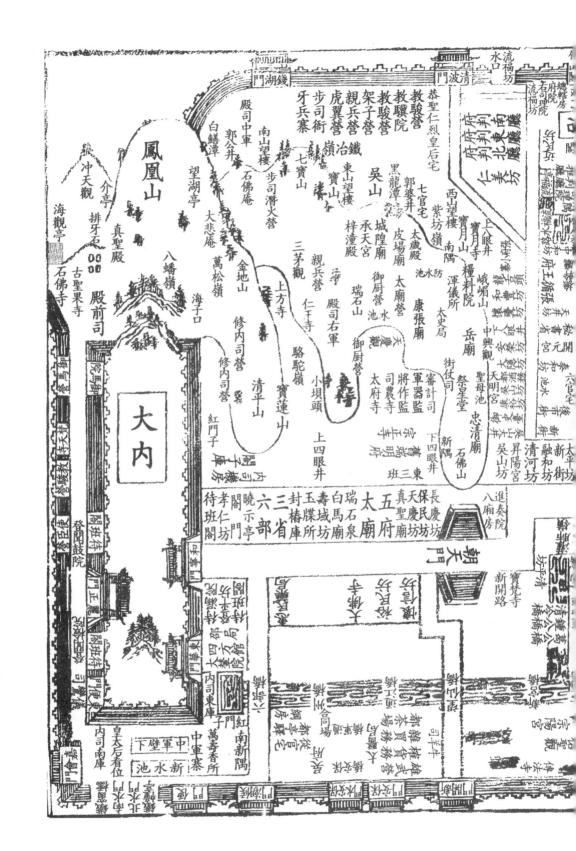

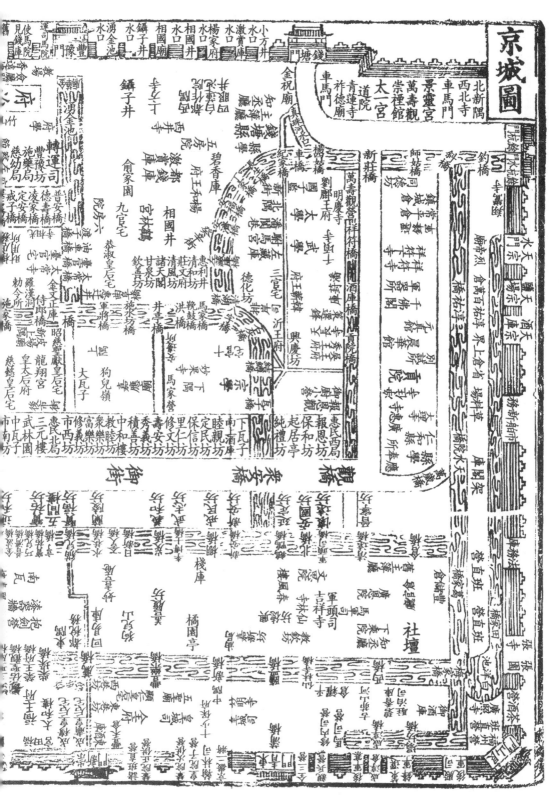

京城圖

《京城圖》（引自《咸淳臨安志》宋版"京城四圖"復原研究》，姜青青著，2015年，上海古籍出版社出版）

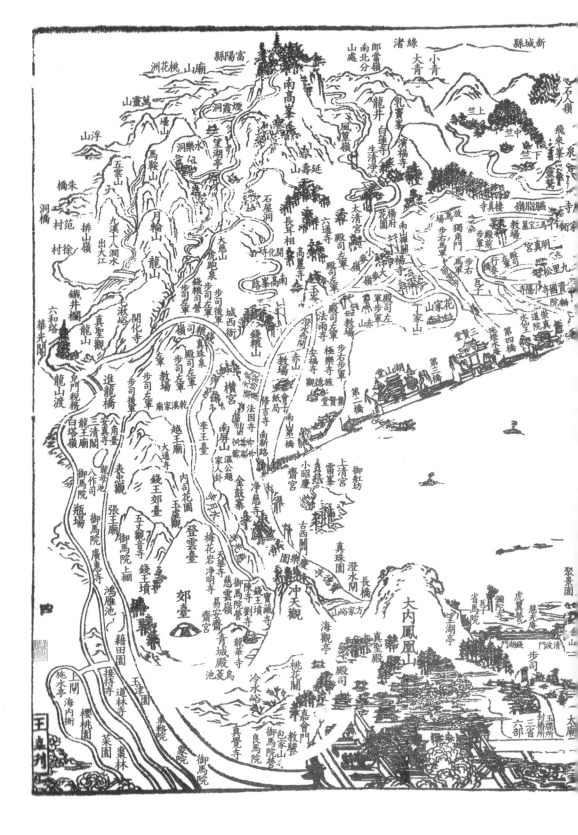

《西湖图》（引自《〈咸淳临安志〉宋版"京城四图"复原研究》，姜青青著，2015年，上海古籍出版社出版）

前　言

本书讲述的是南宋临安城里的十三种人生，普通人的人生。

历史上，真正的小人物常常是无名的，哪怕侥幸留下只言片语的记载，也大多是作为大人物传奇的一点陪衬存在，就像故事背景板。"要从过去召唤出那些穷人和为人遗忘者的生活总是困难的"①，史书不记载普通人的日常和遭遇，但这些空白和缺憾可以由文学的想象来弥补。

在我的笔下，生活在南宋临安的货郎、厨娘、赘婿、弄潮儿、针笔匠、点茶婆婆、量酒博士……都是靠着文学想象从历史土壤里捏出来的小人物。他们不是诞生于胡思乱想的空洞人设，而是依托历史记载，从只言片语里编

① 史景迁著，李孝恺译，《王氏之死：大历史背后的小人物命运》，广西师范大学出版社，2011 年出版。

织出来的鲜活个体。

所以，在本书的世界里：

南宋临安是真实的，结合考古发现和学者研究还原了历史上的都城风貌，具体到每一条街巷的方位、每一间商铺的名字，都是曾经存在过的历史记忆，而非我面壁苦筑的海市蜃楼。

当时的社会风俗是真实的，琴棋书画诗酒花、柴米油盐酱醋茶，衣食住行的每一面，行走坐卧的每一样，如称呼官员为"官人"而非"大人"，称呼年轻女子为"小娘子"而非"小姐"，都再现了宋朝的历史风韵。

小人物也是真实的，是文学意义上的真实。宋画里有大量描绘市井生活的作品，它们让历史上模糊无名的小人物有了清晰的面孔。但这远远不够。我们知道在北宋画家张择端的《清明上河图》里有一个外卖小哥，但我们不知道他有怎样的故事，不知道千千万万个像他一样的宋朝小民有怎样的人生。本书在宋画的基础上，结合正史碎片、野史笔记、话本小说等，以及穿越千年依旧互通的情感，创造出了这些拥有文学生命的宋朝小老百姓。

我想用这些依托历史虚构出来的小人物，来提供一些宋朝市井百姓生活的可能性，以复现充满魅力的南宋临安的城市生活图景。读者可以跟随小人物的喜怒哀乐，感受活色生香的风雅宋朝。

提到宋朝，总说风雅。但风雅不仅属于贵族文人，也属于当时的每一个普通百姓。

烧香，即焚香。雅士有名贵香药和精致香具。小民也有香道，只要在酒楼里付一点小费就能招呼香婆要一炉香，再不济也能用荔枝壳、甘蔗滓等物自制合香。每到端午节，临安人更是不问富贵与否，家家烧午香。

点茶。贵族喜欢烹茶雅集，摆开茶具"十二先生"，再捧个建盏细品茶香。贩夫走卒也可以在街头找提汤瓶的小生意人点一碗滚热的茶汤。满大街都是茶坊。

插花。富人有排场奢侈的万花会，恨不得把牡丹、芍药、棣棠、木香、酴醾、蔷薇等百花簇拥起来的整个春天搬进私家园林。普通人，哪怕买不起花瓶，也喜欢拿小坛子供养几枝花……

希望这一群小人物能带你真正穿越回宋朝。在这本书里，宋朝不是一个靠知识点堆叠起来的遥远的时空概念，而是一个由生活细节重塑出来的鲜活的烟火人间。

冯晓雪

目录

赘 婿
"凤凰男"的出走

淳熙年间（1174—1189）的一个正月初一（即元旦，俗称新年），前夜除夕下了一整夜的大雪，今早渐渐停了，冷得紧。

西湖南边的一座院落里，崔浩贴完最后一张桃符，听见屋里响起了妻子的骂声。妻子阿张总是这样，睡醒后但凡见着镜子脏了、汤瓶没水乃至闻着香药味儿不对，都会骂丈夫。崔浩习以为常，甚至把妻子每天醒来的第一阵骂声当成报时闹钟——哦，这是巳时了。

阿张睡醒前，崔浩已经干了一担子的活儿。这座花木繁盛的大院子里，还有两个和崔浩一样的青年男子，在一个大腹便便的老人指挥下忙活着，他们都是张员外家里的赘婿。

每日五更天，大姨夫最先起来打扫院子、生火做饭，然后开始在领抹上绣花，一朵又一朵。他是这个家里最勤快也最安静的人，好像被针扎都不会叫一声，逢人只会傻笑。崔浩觉得大姨夫谨小慎微，一定是因为他是大姐成了寡妇后招进来的接脚夫。在大姨夫醒了两三刻之后，小姨夫也起来了。他的嗓门特别大，不论是喂狗还是杀鸡，都要嚷嚷着让所有人知道——不被人知道的活儿他是不会做的。他早算过张员外起床的时辰，特地比老丈人早一点点起来，好在老丈人面前忙里忙外。张员外最喜欢这个女婿。通常，崔浩是被小姨夫吵醒的，但他就是不想立刻起来，要挨到老丈人骂他"懒货"，才慢悠悠地钻出被窝。

日日如此。

一大早，老丈人指挥女婿给孩子们"禳长短"——这是元旦的风俗。如果孩子长得过于矮，大人就在五更时把孩子带到厕所旁边，让其仰卧，再抓起孩子的双脚，倒提起来走几步，传说这样就能让孩子长高；如果孩子身材过于修长，就用木杖拍他的头，以期让孩子高矮适中。崔浩是个弱不禁风的读书人，把小孩倒提起来都费劲儿，还总是拿着一把小团扇。这不，老丈人又说他了："没出息，羞羞答答的，家里数你最蔫儿。"

南宋·刘松年《四景山水图》（北京故宫博物院藏，局部，展现了临安庭院别墅的雪景）

张员外是做幞头（也称"乌纱"）生意的，在城内外开了好几家铺子，管理铺子的是四个女儿，招赘来的女婿们在铺子里打杂。张员外没有儿子，是个女儿奴，最宠爱小女儿，常常说等她及笄了要"榜下捉婿"，招一个进士女婿入赘。每次说起，都不忘讽刺一下崔浩，嘲笑他考不中科举。

这会儿，阿张睡醒了，嘴里的责骂没停过。崔浩已经过了三年多这样的日子，不是挨妻子的骂就是挨岳父的骂。他木然地听着，心想："让我在家里伺候老婆，到铺子里伺候客人，可以。但我是个读书人，只会握笔杆子，干活儿出些差错很正常，有什么可骂的？"

最近，他越来越受不了了，尤其是妻子的骂声，让他觉得自己仿佛在战场承受火铳的猛烈攻击。赘婿还有个俗称，叫"布袋"，都说当了人家的赘婿，受什么气都要忍着。除夕之夜，一大家子人围在火炉边守岁，他因为撒了一碗馎饦被妻子絮絮叨叨地说了半个时辰，那时候他就在心里做出了一个从前想都不敢想的决定：结束这种日子。

若是直接提出离婚，老丈人是肯定不会同意的，所以崔浩想到了逃跑——在元旦这天逃离这个家。

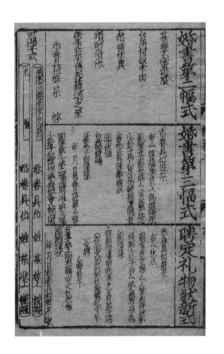

宋·陈元靓等编《新编纂图增类群书类要事林广记》（内页，书中收录的宋代婚书格式）

午时一到，崔浩借口说出去送贺年卡——用梅花笺制作的新年拜帖，拎着一个小包袱离开了西湖边豪华的家。那包袱里装着他从妻子箱奁里偷出来的几样首饰，还有他攒了许久仍少得可怜的私房钱。今日一早，他溜出家门，联系好了一只瓜皮船，等午时在钱塘门外的上船亭碰面，然后坐船辗转去湖州，去过再也不用挨骂的日子。

　　崔浩沿着西湖到了钱塘门外，上船前忽然想到："这一走，不知什么时候才能回来，得回家再看一眼。"这个家是他出生的家，位于城外北边的江涨桥下。

　　当年，崔浩入赘张家，张员外立了规矩，不许崔浩和崔家再有联系。三年多，崔浩从未回过家，只是悄悄托人把每个月攒下来的私房钱送回去。

　　那是一个仅有几间茅屋的贫苦之家。

　　崔浩的祖上出自大名鼎鼎的望族清河崔氏，但是到了南宋，早就连家谱

（传）南宋·李嵩《西湖清趣图》（弗利尔美术馆藏，局部，图中可见钱塘门和钱塘门外上船亭）

都说不清世代的源流了，只知道崔浩的曾祖父曾经当过小县令，后来几代人都是贫农。

"祖上也是阔过的，可惜没落了……"崔浩想着，转眼到了江涨桥下的家。这里比他三年前离开时更加破败，一圈摇摇欲坠的矮土墙围着几间单薄的茅屋。他在矮土墙的柴门外站住了。他不敢进门，怕家人问他为什么不回家，真的有那么忙吗？他透过柴门缝往里望了望。

院子里，崔浩的母亲、两个姐姐和一个嫂子正围坐着剥鸡头米。她们忙活着，一个姐姐说起了崔浩："多亏了小弟，咱们才有钱过一个新年。也不知道二哥、三哥怎么样了，这么多年音讯全无，一文钱都没拿回家过……"

"当人家的上门女婿，不容易的。"老娘叹了口气，"要怪就怪我和你爹，没钱给你们凑嫁妆……"正说着，茅屋里跑出四个小孩，三个嬉闹着在院子的泥雪地里打起了滚，最大的一个站在茅屋门前说："翁翁渴了。"他的母亲，也就是崔浩的大嫂，便起身给屋里躺着的老人递水——那是崔浩的父亲。

崔浩有三个哥哥和两个姐姐，他和两个哥哥都当了赘婿，只有大哥留下来养活全家

南宋·佚名《蕉石婴戏图》（北京故宫博物院藏）

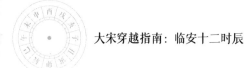

人。他的老爹卧床不起，老娘也常年吃药；两个姐姐长得不好看，年纪也不小了。家里出不起嫁妆，估计这辈子只能老在家里了。

柴门外的崔浩听着她们的谈话，想到这一家的艰难前景，顿时觉得非常心酸。当初他就是为了减轻家里的负担才去当赘婿的，这三年得了点钱就悄悄攒着接济家里。他几乎没有真正属于自己的钱，是一个住在豪宅里的穷人。有时候他在老丈人家里吃得好、住得好，正高兴着，忽然想到自家可能连下锅的米都没有，连遮雨保暖的茅草都短缺，就会痛苦不堪——他拯救不了原生家庭，也没法自己一个人安享幸福。

崔浩站在柴门外面湿了眼眶，想着："我要是走了，这一家子人怎么办？我躲起来，难道要躲一辈子？"

他推开门走了进去。所有人都惊讶地看着他，老娘愣了一会儿才说："浩啊，你回来啦？回来了好啊，好啊。"

崔浩强忍着泪水，故作高兴地说："今儿元旦，来拜年啦。"说完把手里装着首饰和铜钱的包袱塞给老娘，转身就走。再多待一刻他都会舍不得。

崔浩漫无目的地走着，每走一步心情都很沉重。跑是跑不了，回张家吗？这个念头只是一闪而过，崔浩都觉得心头发颤。他根本没去送贺年卡，这样回去肯定少不了挨岳父和妻子的一顿骂。只要一想到那震耳欲聋的责骂声，他就浑身发抖，忍不住拿小团扇遮住了自己的脸："好累啊，若是能去湖边夜钓就好了……"他真心期盼夜晚早点来临，这样就可以去西湖边钓鱼，那是他最为轻松的时刻。只有在夜钓的时候，崔浩才觉得他是他自己。

该怎么办呢？

沿着西湖走了一会儿，他忽然有了主意：家里容不下一个犯罪的人，只要犯一点小罪被官府抓住，那老丈人肯定会赶我走，老婆也一定会和我离婚……虽然这不是读书人该有的行事手段，但能逃离那个家就好了。大不了

（传）南宋·马远《寒江独钓图》（东京国立博物馆藏）

自己苦一点，当个书会先生给瓦子艺人写故事，总有出路吧。

张员外在临安城内外开了好几家幞头铺，听着像是幞头专卖店，实际上售卖从头到脚各类服饰。除了钱塘门外最大的旗舰店，御街上还有几家不小的分店。崔浩想好了离婚的馊主意，当下便去了中瓦子前的一家分店——张家花朵铺。

铺子门前摆了木质大转盘和各类货物，一大群人围着转盘在射箭关扑。伙计们大都围在转盘周围招呼客人，只有一个小伙计在铺子里，好奇地朝转盘方向张望着。崔浩大摇大摆进了铺子，看着满架子的商品，什么销金领抹、义髻、交脚幞头。他咬咬牙，卷起袖子把团扇插在腰带里，二话不说就把货架上的东西都推到了地上。

扔完东西，崔浩心里莫名产生了一种反抗的快乐。

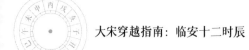

岳父是个钻进钱眼里的吝啬鬼，家里的财富堆积如山，可他就连一斗粟米、一尺布帛的事都要亲自过问。为了守好小金库，岳父白天把钥匙挂在身上，夜里睡觉就把钥匙藏在枕头下面。崔浩从岳父家拿的每一文钱，花在哪里都要记录，他费了好大劲儿才瞒过岳父攒了私房钱给自己家。

门口忙关扑的伙计听见动静，扭头发现一地的狼藉，跑进铺子要抓崔浩。崔浩也不走，挺直腰杆就在那儿站着，听到伙计们要拉他去官府，他高兴极了！

"误会，误会了！"这时，有人过来劝住了激动的伙计们。崔浩一看，是张家的管家卢六。卢六说了几句话让伙计们都散开了，又走近了安慰崔浩："二姑爷，您向来憨厚，今早是受了大气，实在憋屈，所以才来铺子里撒气的吧？伙计们没见过您，才闹出这个误会。您放心，今天的事儿我一个字都不会说，也不会让他们说。"

"卢宅老，我……"崔浩忍不住又拿小团扇遮住了脸，又羞又愧。卢六为人狡黠又仗义，只因崔浩帮过他几回，他感恩，就处处维护崔浩。这"闹事"出逃的计划算是失败了。

"快回家吧。"卢六催促着，还要送崔浩回家。崔浩只好硬着头皮跟着他走，走了一会儿，说："你先回去，我想起来还要给阿张买胭脂，买了就回。"说完，他扭头就走。

这一天只吃了一顿朝食，崔浩早已饿了，但他身无分文。小时候挨饿的记忆袭来，他很慌却不愿意回张家。"不如就去胭脂铺？"崔浩喜滋滋地又想到了一个主意。妻子阿张特别爱打扮，尤其喜欢时髦的美甲——用凤仙花染红指甲。平日都是由他到铺子里为她跑腿买化妆的胭脂。

崔浩进了官巷的染红王家胭脂铺，嚷嚷着让伙计拿出了画眉用的螺子黛、画眉七香丸，还有进口香水——装在玻璃瓶中的大食国蔷薇水，等等。他要了一堆货，什么贵就买什么。伙计见他穿着华服，心想是个贵客，就乐呵呵地服侍着。

崔浩领了用丝罗精心包裹的化妆品，也不付钱，扭头就走。伙计吓坏了，嘴上说着好话哄他掏钱。他摆出平生从未有过的撒泼样儿，兴奋地嚷着："就不给钱，怎么了？我是张员外家的女婿崔浩，你们倒是抓我去官府啊！"

南宋·佚名《婴戏图》

伙计们看着眼前这个文弱书生，有些惊讶，纷纷怀疑他是不是脑子有些问题，谁抢东西还自报家门？

崔浩索性往地上一坐，又嚷着："幞头铺张员外家的女婿，拿了东西不付钱，你们快抓他去官府啊！"他兴奋得大笑起来。

"听说张员外家是有个傻女婿，经常坐在湖边自言自语，对着鱼说话，该不会就是这个人吧？""针扎都不叫唤一声的张家傻女婿？好像是有这么个人。""果然是个傻的，赖在店里可麻烦了！"伙计们面面相觑，当中一人把包裹抢回来，其他人半推半拉把崔浩赶到了门口。他们还不放心，生怕这个张家傻女婿死在冰天雪地里，还专门安排了两个人把他扛回了张家。

崔浩狼狈地被送回了家，管家卢六悄悄替他付了胭脂铺伙计的辛苦费，这才把事情

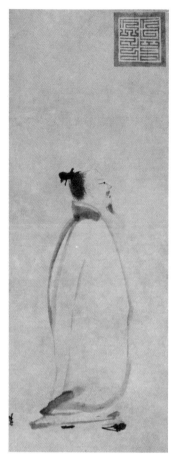

南宋·梁楷《李白行吟图》（东京国立博物馆藏）

盖下去。

刚进家门，崔浩还没见到阿张，就听到了越来越响的责骂声："一个上午死到哪儿去了！""让你给孩子讲学，你就没了人影。""你看归家花朵铺的那个小孩都开始读五经了，我们孩子连《千字文》的字都认不全，你还不着急？亏你是个读书人，窝囊，孩子可不能像你一样！"

元旦这一日，张家也开了宴席，来了好些客人。阿张就这样当着所有男女客人的面，将崔浩骂了个狗血淋头。崔浩一听就知道妻子又在焦虑孩子的学业。可他们的大儿子两岁多，小儿子今天才满一个月，有什么可急的？他想反驳但最终还是拿小团扇遮住了脸，默默听着。谁也不能让一个想要鸡娃的虎妈闭嘴。

许是累了，阿张停止了责骂，让崔浩回屋反思。所谓的反思，便是顶着一只点燃的灯碗，正襟危坐一个时辰，这是崔浩早已习惯的体罚。他饿坏了，悄悄偷吃了一个发硬的太学馒头，这才回屋。身体像枯木土偶一样不能动，可他的心却是自由的："我这娶的根本就是河东狮、胭脂虎！算了算了，古往今来，赘婿不就是受气的吗？秦皇汉武都把赘婿当作下等人，让赘婿在军队里当苦役，冲在最前面当肉盾。可别瞧不起赘婿，名垂青史的也大有人在。周朝的神人姜太公、唐朝的诗仙李白，都是赘婿。"

自我开解后，他感觉好受多了，闭上眼睛开始想象自己在雪天的西湖边钓鱼。他手里拿着鱼竿，轻巧地将鱼钩抛向湖面破开的洞里，冰天雪地，上下一白，世界真清净啊！要是能离婚，摆脱这个家就更好了……

"崔浩！去招呼客人吧。"阿张来喊人了，片刻的清净消散了。

今天是崔浩小儿子满月的日子，家里除了新年宴会，还忙着举行洗儿会。米坊的客人格外多，许多是拖家带口来串门拜年的。崔浩在人群里无所适从，频频拿小团扇遮脸，"拉黑"这个世界，给自己争取一点喘息的空间。这模样被张员外看见了，便嘲讽道："扭扭捏捏，连小娘子都不如！"宾客们都哄笑起来。

崔浩不是第一次听见这话，但这一次他忍无可忍了，心想："多付一点

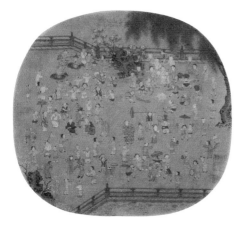

南宋·佚名《百子图》（克利夫兰艺术博物馆藏）

明·仇英《临宋人画册·村童闹学》（上海博物馆藏）

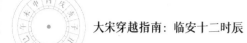

代价也可以，我一定要摆脱他们。"他表面上风平浪静，心里恨得咬牙切齿。他回到屋里用左手写了一张纸条，又钻入人群中，物色了好一会儿，将一个独自玩耍的小孩带走了。

他把那张纸条藏在一小篮太学馒头中间，嘱咐下人半个时辰后把这篮太学馒头拿给小孩的父亲。纸条上写着："孩子在我手里，拿一万贯到棚桥来赎。"棚桥四周店铺密集，是临安府处决囚犯的地方。

"绑架勒索……只要他们报了官，我就会被官府抓走定罪了。离婚是水到渠成的事儿，哈哈。"崔浩离了家，就进城四处闲逛。他成竹在胸，仿佛自己手里已经拿到了和离书。

"喂！我要吃乳糖狮子、水滑糍糕、蜜麻酥、荔枝膏、炒螃蟹、金橘团、望口消！"领出来的小孩起先一言不发跟着崔浩，到了街市上就嚷开了。

崔浩回过神，问道："你叫什么名字？我们就逛逛，乳糖狮子什么的不好吃的！"

"不要，我要吃乳糖狮子，轩儿就要吃乳糖狮子！"孩子说着就哭闹起来。

"哎，你别叫啊！我带你去玩儿好不？"崔浩慌了，拿小团扇遮了脸，心想：勒索信还没送出去，小孩一叫惹人注意要坏事的。

"给我乳糖狮子！没有乳糖狮子，我就要回家找爹爹！"小孩一屁股坐在地上，边哭闹，边打滚。

"必须给他买乳糖狮子了，可我一文钱都没有。只能……"崔浩心想着，摸了摸小团扇上的玉扇坠。这是属于他的唯一值钱的东西了，是当年阿张送他的定情之物。

没有犹豫，崔浩拐进了街上的一家质库，用玉扇坠换了些钱，给孩子买了乳糖狮子。他正琢磨着要不要也给自己买点吃的，小孩又哭闹了起来："给我买芭蕉干、查条、西瓜仁，我就要！"

整整一个时辰，崔浩带着小孩买东买西，只要一说不给买，孩子就大闹。为了安抚他，崔浩只好把孩子要吃的零食都买了。钱花光了，小孩就要骑在崔浩身上逛大街，动不动就三拳两脚伺候。被骑在他身上的熊孩子折腾了这么久，在御街从南到北，又从北到南，崔浩分外想念自己乖巧的大儿子，以及可爱的小儿子——今天还是小儿子的满月日，自己竟然想逃跑。

小孩将崔浩的团扇狠狠地砸在他头上，划破了皮，崔浩终于忍无可忍，吼道："走，现在就带你回去！"

"不要，我不要回去！"小孩玩得正高兴，根本不想回去，一下躺在地上打滚撒泼了。

"那你怎么才肯回去？刚才不是闹着要回去吗？"崔浩已经头痛欲裂。

"给我买乌梅糖，我就回去。"

"我没钱了。"

"我不管，不给买乌梅糖，我就不走啦！"

筋疲力尽的崔浩觉得这孩子的尖叫声比妻子的责骂声还要可怕。他现在饿极了，只想尽快结束这一切。他摸了摸身上穿的外衣，又一次走进了质库。

买了乌梅糖，崔浩背着小孩往岳父家走

北宋·张择端《清明上河图》（北京故宫博物院藏，局部，画中有个孩子被爸爸扛在肩头，一脸幸福的模样）

北宋·佚名《岁朝图》（弗利尔美术馆藏，图中呈现宫苑庆祝新年的场景）

去。他边走边发抖，背上的孩子冷不丁尿了他一身，他的回家之路愈加寒冷。

"他们应该发现勒索信了，为什么官府没有派人来抓我？我这样回去就前功尽弃了……唉，管不了那么多了，冷唉……"崔浩想着，转眼已经到家。

一切如常，宾客们在张家的宴席上饮酒作乐，处处锣鼓喧天。

"难道他们没看到勒索信？"崔浩疑惑不解，茫然地把小孩送回了他父亲身边。那父亲根本没有注意到这孩子离开过，自顾自地喝着酒。

"信呢？"崔浩看见了他交代过的下人，那下人也抱着酒坛子喝得烂醉。崔浩一眼看到了角落里的一篮子太学馒头，那纸条还在里面。

"哎哟，你穿成这样不冷？傻不傻！快走快走，洗儿会要开始了。"阿张看见崔浩身上没穿外衣，又找了一件给他套上，拉着他去了大堂。

大堂里灯火通明，当中摆了一个大银盆，银盆四周放满了老丈人精心准备的金银、犀角、彩缎、珠翠和洗儿果子等物。富贵人家洗儿，大多办得奢华盛大。

洗儿会开始了。亲朋好友聚集在大银盆四周，人们把用香料调过的热"香汤"倒进盆里，投下洗儿果子、彩钱等物，再把彩色丝带围绕在银盆上，这叫"围盆红"。接着，老丈人拿了金银钗搅动银盆中的香汤，这叫"搅盆钗"。到场观看洗儿的宾客们纷纷把金钱、银钗都撒到盆子里，这叫"添盆"。大银盆中有直立起来的枣儿，年轻妇人把这个当作生儿子的征兆，纷纷取来食用。等到婴儿沐浴完毕，剃了胎发，家人们就会把胎发放到金银小盒子里，扎上彩色丝线，抱着婴儿向宾客们致谢。随后，婴儿被抱进奶妈的房间，这叫"移窠"。

宋·佚名《浴婴仕女图》（弗利尔美术馆藏）

崔浩在灯火通明中看着这一切，默念着苏轼的诗："人皆养子望聪明，我被聪明误一生。惟愿孩儿愚且鲁，无灾无难到公卿。"他环顾四周，只觉岳父和蔼、妻子温柔，一大家人围聚在一起其乐融融。岳父还给众人都发了钱，那钱实在是不少。崔浩平时几乎是没有零花钱的，只能在办差事的时候想办法省一些出来，比如可以坐轿子时他换成走路。

这一刻的张家，在崔浩眼里是温馨的。老丈人虽然严厉，但是个精明能干的大商人，对女婿们各啬但常常救济穷人。阿张蛮横但聪明，有时也关心他。他在这个家里虽然没什么地位，时常在幞头铺里给阿张打杂，但不愁吃不愁穿。多亏老丈人和阿张用心管教，大儿子乖巧，现在小儿子也这么可爱。

假如真的离了婚，自己从未写过话本，真的能当书会先生养活自己吗？

眼前的生活并没有早上感受到的那么差，甚至算很不错了，吃软饭又有什么不好呢？想到这里，崔浩再也不想和妻子离婚了。

"好啊，你竟然偷我的首饰！"阿张一把揪住了正在傻乐的崔浩的耳朵。

"你听我解释……"

"有什么好解释的？我们张家容不下小偷，我今日便要与你和离！"

卖花人
十六岁的最后一天

淳祐年间（1241—1252）的一个五月初五，四更天，家住临安西马塍的柳七娘就像瓦子艺人手下的傀儡一样，不由自主地从床上跳了起来。眼睛还没睁开、脑子还没清醒，人已经开始麻利地干活了——她推了推熟睡的丈夫，飞快说了句："快起！"这是第一次喊他，还要喊三次，此人才会起床。柳七娘则像年节燃放的烟火般快速冲到厨房，把自己埋进一堆锅碗瓢盆里。她把昨夜劈好的一大捆木柴背进厨房，打火镰点了木刨花，和柴火一起扔进炉灶里，又拿了吹火筒使劲吹。等柴火烧起来了，她再刷锅、淘米、烧饭。直到在灶台前坐下看火，她耷拉的眼皮才收上去——醒过来了。

柳七娘是一个三十五岁的卖花人，也是三个孩子的母亲。她的衣裳皱巴巴的，脸上不施脂粉，刚理过的发髻有些凌乱，整个人缩起来小小一团。别看她身形瘦小，她不仅背得了半人高的木柴，也扛得动一人高的马头竹篮。

（传）南宋·刘松年《蚕事图》（台北故宫博物院藏，画中可见炉灶）

　　马塍宋家祖上几代人都是专门种植鲜花的花户。柳七娘的母亲宋九娘老大年纪才招了赘婿，只有柳七娘这么一个独生女，柳七娘长到二十来岁也像母亲一样招了赘婿。住在这个院子里的小家庭成员只有柳七娘夫妇和他们的三个孩子，以及老母亲宋九娘。可是遍布东西马塍的宋家，却有许多人——柳七娘有好几个舅舅和数不清的表兄弟姐妹，关系错综复杂。十多年来，她已经习惯了每天早起给一家人做饭。

　　以往，她会在烧好饭的时候第二次轻声地喊丈夫周启起床。今天，她烦躁地敲了几下床头就走了。她还要去照顾孩子们起床。

"哎呀，吵死了！就不能小声点吗？"最大的女孩周好好已经十四岁了，睡在隔壁屋里，听见母亲扯着嗓子喊她，不耐烦地嚷起来，翻了个身又睡过去了。柳七娘皱了皱眉头，没说什么。

大女儿嚷叫的声音吓哭了五岁的儿子，他闹着不肯穿衣服，还尿了母亲一身。这时候，在丈夫酣睡的大床边上，六个月大的小儿子也哭了起来，还试图爬出小床，眼看就要掉到地上了，但丈夫还在呼呼大睡。

柳七娘像个陀螺一般，从大儿子身边转到小儿子身边，又从小儿子身边转到了大儿子身边，屋里哭声一片。她一错手打翻了架子上的铜脸盆，脸盆砸在地上哐当了几声，丈夫和大女儿同时怒喊起来。原本照顾孩子起床后，柳七娘才会第三次叫丈夫起床，现在好了，不用叫，他自己骂骂咧咧起来了。

"周启……"柳七娘试图求援。但周启粗声粗气地吼了一声："又要做什么！"柳七娘一愣："没什么。"

她连难过的工夫都没有，隔壁屋的母亲渴了，在唤她递水。老母亲宋九娘今年八十

北宋·苏汉臣《重午戏婴图》（台北故宫博物院藏，图中描绘端午日儿童嬉闹的情景。临安的端午节从五月初一到初五，家家都要买桃、柳、蜀葵、石榴花、菖蒲叶、栀子花、茉莉花、佛道艾等物，与粽子、五色水团、时鲜果子、五色瘟纸等一起供养在门口，还要用艾草扎成人形或虎形的物件——"艾人""艾虎"，挂在大门上辟邪去疾）

（传）南宋·马麟《初日芙蓉图》（台北故宫博物院藏，局部）

多发了，正病着，全靠她照顾。她快速给两个儿子穿好衣服，急吼吼地冲进隔壁屋，伺候母亲喝水、洗漱。

等她忙好了出来，丈夫和孩子们已经坐在桌前等她伺候吃饭了。她盛了饭，端了两碟小菜，还没上桌就听见丈夫不满地说："天天吃这个，就不能弄点别的？"哪家赘婿这么豪横？也就柳七娘家的了。她没有亲兄弟，小家庭就指望丈夫在大家族里撑门面，她让着他，没说话，但周启唠叨个没完：

"你起来就照顾孩子，做个饭，这点事也干不好？弄得哐哐当当恨不得全家人都知道。我还要忙活一整天呢，睡都睡不好。"

昨天他们吵了一架，她忍了一夜，这下终于忍不住，吼了一声："够了！"

大女儿一听，摔了碗，说："我讨厌妈，总是苦大仇深的样子，为什么不能像爹爹一样笑呵呵的？"

丈夫也摔了碗，说："你学学贾二娘，那才是妻子该有的样子。"

两个儿子也哭了，五岁的大儿子抽抽搭搭说着："害怕妈妈，要爹爹。"

老母亲听见动静，也隔墙责骂她："你为什么不能忍一忍？不争气哦，我病着呢，还给我添堵。"

所有人都埋怨她。

柳七娘心灰意冷，瞬间崩溃，大哭起来。

平时，她伺候一家人吃过饭，就要带着两个儿子和丈夫一起出去卖花。她既要卖花又要哄孩子。这样的日子不只是今天——是今后的每一天。

她头昏脑涨地走到屋外自家的花田里，花田一角开了九径，分别种着江梅、海棠、桃、李、榴、杏、红梅、碧桃、芙蓉等九种花卉，这些是已故的老父亲亲手种下的。少女时代的柳七娘最喜欢在花间嬉戏，日夜与花为伍。她爱花，所以种花、卖花。现在，她还每天跟在丈夫的花担后面吆喝，但面对更多的是孩子们的哭闹、夫妻间的争吵和干不完的家务。

花田边的池塘里，荷花已经盛开，鸭子在水里欢快地叫着。她望着倒影里瘦小的自己，还是十六岁的身形，可那张脸已经皱了，一双无神的眼睛像

北宋·赵昌《花篮图》（东京国立博物馆藏，左侧是芙蓉，右侧是雏菊）

元·钱选《折枝桃花图》

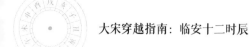

石块一样敷衍地嵌在一张愁苦的油皮面具上。

她忍受了十多年，忽然觉得再也忍不下去，不如就长眠在这池塘里好了。"我除了是妻子、母亲和女儿，我也是我自己啊！"柳七娘受够了，她决定过完属于自己的一天就自尽。

她从花田里摘了些应季的花，收在马头竹篮里，进了家门。她拿出藏了许久的私房钱，把母亲和儿子都托付给不远处另一座宅院里的宋家表嫂阿唐。她告诉阿唐，她和丈夫出门卖花，夜里一起回来了再来领人。其实，周启早就赌气自己一个人出门卖花了，柳七娘也不会和他一起回来。她收拾了家里，带上收好的鲜花、盆景和剩下的私房钱还有一个小木箱，走了。

走了两步，又想起池塘里那张发皱的脸，她挑着花篮径直去了肉市巷的"三不欺"药铺。等她从药铺出来，脸已经变了——那是一张她十六岁时的脸。

"三不欺"药铺的医人胡风子是她父亲的朋友，最擅长用动物皮给人易容，收了好些小徒弟。易容之后的柳七娘看起来和胡风子的小徒弟青盐年纪差不多大，只是没有少女的天真无邪，举手投足都是老成模样，但她格外高兴。

离开医馆时，她看了滴漏，正是巳时。往常这个时辰，她该在和宁门前的花市里卖花，但是今天她自由了。计划活到亥时，那还有六个时辰。她想：做些什么好呢？

婚后，她就跟着周启卖花。周启喜欢在城内外找几个固定的市场卖花，利于积累熟客。可她喜欢沿街叫卖，去不同的地方，看不一样的人和风景。想到这，她拐进街边铺子买了一身新衣裳换上，挑着马头竹篮一路吆喝起来："买蜀葵……买榴花……买荷花……"

临安人爱花。寻常日子无花供养，不会有人笑话，但端午这天必须插花。哪怕是买不起花瓶的小户人家，也要拿出小坛子插一瓶花。每年这天花市行情极好，一早上临安商贩至少可以卖出一万贯钱的花。

北宋·张择端《清明上河图》(北京故宫博物院藏,局部,图中有卖花场景)

柳七娘年少时跟着父亲卖花,卖了花就要买"糖葫芦"——素签成串熟林檎。她已经十多年没有吃过这东西了,今天"重回"十六岁,忍不住又买了一串。虽然吃不出从前的味道,但她依旧高兴极了,心想:把丈夫不让她做的事,把当了母亲之后不能做的事,都做一遍。

她挑着花篮,像十六岁时那样叫卖着,笑闹着,甚至小跑起来,好一会儿终于累了。在路边歇脚的时候,她开始担心:孩子们好不好,母亲好不好?

这时,一个二十来岁的妇人抱着孩子冲到花篮前要买端午的鲜花,两眼却是红红的。她的丈夫跟了过来,一把把她拉回家,边走边说:"买什么花,饭都吃不起了。我在外面累死累活，你在家看孩子享清福，还买花？"

柳七娘听着这话，想起了今早的一幕幕，瞬间清醒了："天下多少男子都是这样想的？七娘啊，还是当自己吧。当妻子、当母亲、当女儿，都是会被嫌弃的。"

柳七娘挑着花篮走了两条街，看见各家各户都在门楣上挂了端午祈福消灾的青罗帖子，上面写着"五月五日天中节，赤口白舌尽消灭"。街巷里飘荡着午香的味道，她忽然想起端午节的未时有皇亲赵衙内家举办的万花会。

这是最近几年兴起的一个盛大插花会，由赵衙内家几位风雅的贵妇人发起，格外热闹，吸引了许多爱花人。每到端午节，赵家就让爱花的侍女到御街上随机邀请三十位爱花人，不论贵贱，只要懂花、爱花，都有可能被邀请到万花会上比试插花技艺，前三甲可得赵家准备的奇花异卉。此外，成百上千的爱花人可以拿到随机发出的看花笺，到万花会上一饱眼福。

南宋·佚名《盥手观花图》（天津博物馆藏）

柳七娘年少时是插花高手，常常到宴会上展示技艺，曾经备受追捧。她特别享受这种出风头的感觉，可惜那时候还没有这样盛大的万花会。几年前，万花会开始举办，柳七娘每年都想去，既想展示花艺，也想拿走奇花。可丈夫总不许她去，说这都是富贵人家取乐的玩意儿，劝她不要痴心妄想，还是踏实挣钱要紧，否则在大家族里抬不起头。

柳七娘是个生性浪漫，甚至有些不着边际的人，常想着展示花艺让所有人都倾慕她的风采。结婚生子后，很多人都对她说"要有母亲的样子，可不能再贪玩了"。她一点一点把自己缩进家务里，连插花都很少碰了。

柳七娘花钱找了闲人，打听到赵家侍女就在御街朝天门前。她飞奔过去，找到侍女说了好多鲜花嫁接的手艺，终于成了被邀请的三十位爱花人之一。

万花会就在吴山的一处私家园林举办。那里被装点得如同花海，四周以鲜花为屏障，各处的梁栋柱拱上都挂满了贮水簪花的竹筒。另有各色盆花、瓶花、挂花、吊花、悬花等，抬头望去满眼皆是鲜花。

柳七娘进了园子，正看得出神，一个侍女走过来，让她从一筐鲜花里选一种簪戴在

北宋·赵昌《岁朝图》（台北故宫博物院藏，图中有梅花、山茶花、水仙、长春花）

北宋·赵昌《写生杏花图》（台北故宫博物院藏）

头上。她挑了一朵大红蜀葵。接着，侍女又让她从花谱里选一个雅号。只见那花谱上写着"花三十客"等字，列了三十种鲜花名，每一种鲜花都有若干个雅称，如玫瑰是"刺客""野客"，菊花是"寿客""东篱客"，芍药是"近客""殿春客"。

柳七娘翻着花谱，她爱热闹，喜爱热烈奔放的桃花和杏花，一个是"妖客"，一个是"艳客"，她想了想，选了"艳客"杏花。

"这个好，木槿开花短暂，仿佛在主人家中坐坐就走的客人，叫'时客'正合适！我就要它了。"一个熟悉的声音响起，柳七娘循声一看，说话的是自己的大女儿周好好。她吓得惊叫了一声，才想起自己已经换了一张脸，便佯装平静地问道："小娘子也是来插花的？"

"是啊，我去年头一回来插花，差一点就得前三甲了。姐姐是第一次来吧？"

"姐姐？哦，是。"

"就说嘛，我年年都来看万花会，没见过你。"

两人聊了几句，柳七娘不由得难过起来。她头一回知道脾气糟糕的女儿如此活泼可爱，爱花也擅长插花。女儿从没跟柳七娘说过，也没提过她有个爱花的朋友黄丫丫——她们是在某一年的万花会上认识的。

黄丫丫嗓门大得很，来了就喊周好好。周好好热络地向柳七娘介绍黄丫丫："姐姐，这是黄如意的孙女，那个在瓦子里踢球的名人黄如意！"

万花会开始了。柳七娘挑了一朵粉红蜀葵当主花，又剪了几枝黄色萱草花和白色栀子花环绕在蜀葵左右，折了些石榴花、木槿花、夜合花做陪衬，花篮的整体布置呈不等边三角形，一个精巧的夏季花篮便完成了。

南宋·李嵩《花篮图（夏）》（北京故宫博物院藏）

最终柳七娘得了头名，她特别开心，仿佛自己还是二八年华，还交到了两个朋友。她摆弄着得奖的花篮，周好好不住地夸她："姐姐你知道吗？丫丫的婆婆可好了，一点儿也不显老还很孩子气。丫丫说都是她阿翁宠出来的。我见过她，真想有一个像她那样的妈妈。"

"什么样的？"柳七娘变了脸色。

"天真烂漫又高雅，还爱笑！不像我妈妈，每天都苦着一张脸。我妈妈说她爱花，但我从未见过她插花，我觉得她只爱钱。她每天不涂胭脂，头发总是乱糟糟的，在家里急匆匆的像个永远停不下来的千千车。每天早上，她叫我起床，那大嗓门真是太可怕了……"周好好说着，面露厌恶之色，"不说她了。咱们老了千万不能像她那样！姐姐们真好，我可太喜欢你们啦！"

柳七娘被两个少女欢快地抱住，可她心里却悲凉极了。

两个少女抬着她的马头竹篮，拉着她跑去西湖边看龙舟竞渡。黄丫丫一路嚷着："快些，我爹也在一只大龙舟上！"

柳七娘她们赶到苏堤时，一场竞渡正要开始。十几只大龙舟鼓乐齐鸣，

（传）元·王振鹏《金明池争标图》（大都会艺术博物馆藏，局部，龙舟竞渡是宋朝端午节的高潮活动。临安每年要在西湖举办两次竞舟活动，一次在二月初八，另一次在端午节。这一天，西湖的画舫都开了，苏堤游人来往如蚁。参加竞渡的大龙舟都载着十太尉、七圣、二郎神、神鬼、快行、锦体浪子、黄胖等，另外还有锦伞、彩旗、花篮、闹竿等。划龙舟的人们戴着卷脚幞头、簪着大花、穿着红绿戏衫，跃跃欲试。西湖中提前插好了一根标竿，竿上挂着获胜者的利物，如锦彩、银碗、官楮等。最快的龙舟可以获得利物，叫"竞渡争标"）

绕湖展示了一圈，接着在起点同时出发，你追我赶，争相划向湖中的标竿。在看客摇旗呐喊之时，大龙舟上的人都成了英雄。柳七娘淹没在热闹的人海中，忽然想起了自己年轻时的一个疯狂念头：在万众瞩目的龙舟上表演"汤绽梅"，出一出风头。

　　"汤绽梅"是柳七娘和已故的父亲一起发明的，可以让冬梅在夏天盛开。大致是在十月后给含苞待放的梅蕊蘸上蜡，存放在尊缶中，夏天再用热水冲泡，这时梅花就会绽放。为了让冬梅更绚丽地盛开，他们还想了一个特别的法子。

　　她一直想在众人面前表演"汤绽梅"，好让人知道马塍宋家尤其是她父

南宋·马麟《层叠冰绡图》（北京故宫博物院藏，画中可见两枝名贵的绿萼梅）

亲的鲜花培植技术有多么高超。只是，她当了妻子、当了母亲，既要卖花又要操持家务，忙得没了时间，也没了自己。这些年来，丈夫可以在卖花之余到西湖边看看龙舟，可她忙着照顾母亲和孩子，多少年没看过龙舟了——成了妻子和母亲，就不能再当爱出风头的柳七娘了吗？

她问周好好和黄丫丫："你们想看一树的梅花盛开吗？"又问黄丫丫："能不能问你爹爹在龙舟上借一个角落呢？"

"可以，但你要做什么呢？"黄丫丫问。

"难道是'汤绽梅'？"周好好有些惊讶，她隐约记得听自己的母亲提过"汤绽梅"，只是她从没见母亲展示过。

柳七娘从马头竹篮里拿出了一个木箱子，又从箱子里掏出了一个陶罐子。不一会儿，大龙舟靠在岸边，三个女子拿着她们找来的干树枝和木箱子一起上了船。少女们在龙舟上用树枝扎出了一棵小树，接下来是柳七娘的高光时刻。

她用热水冲泡陶罐子里蜡封过的梅蕊，梅花将开未开之时，她点起一根蜡烛，用手指蘸上蜡液，再捞一朵梅花，火速将梅花固定到干树枝上。借着夏季暑热，梅花在树上完整绽开了。她的动作极快，好像只要她的手指一摸树枝，那树上就会开出一朵梅花。这犹如幻术一般的炫目场景，引得船上和岸边的看客连连叫好。

"这是马塍宋家的人吗？"有个老者问道。马塍宋家精干嫁接之法，可以"接生作死""变红为白"，还掌握暖房养花技术，能培育出反季节的山茶花，令人拍案叫绝。

柳七娘和周好好都沉默了。

老者继续说："奇了，这两位小娘子都长得很像一个人。二十年前，宋家有个很会插花的小娘子，我买花见过的，好像是叫……柳七娘。"

"不像，不像，谁要像她！"周好好不高兴了，拉着柳七娘要走。柳七娘伤心了，找了个借口自己走了。

在西湖边逛了很久，她静坐湖边，把竹篮里剩下的花一朵朵拿出来，摘了花瓣往湖里扔。柳七娘听人说，现在已是亥时，难道最后一个时辰就是在

南宋·佚名《茶花图》
（台北故宫博物院藏）

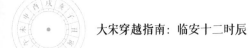

湖边枯坐吗？也好，到时找个偏僻处沉湖，既安静又干净。

天很黑了，游人还是不少，一个熟悉又刺耳的声音惊醒了她。"阿唐？"她这么想着，扭头看见两个妇人带着五个孩子，问道："阿唐，你怎么在这儿？孩子呢？"

"什么孩子，你谁啊？"阿唐疑惑地看着易容过的柳七娘。

"石头和木瓜呢？还有我……他们的外婆呢？"柳七娘问道。石头和木瓜是她的两个儿子。

"这小娘子奇怪极了，我们快走。"阿唐眼神闪烁，神色慌张地拉着孩子和女伴要走。其中一个大点的孩子忽然说："我们出来玩儿，石头和木瓜在花田里玩儿。"

"乱说什么，石头和木瓜当然是他们娘带着。"阿唐牵着孩子走了。

柳七娘一听就慌了，难道孩子整整一天都被扔在花田里？她从前也找阿唐看过孩子，回来见孩子身上有些泥，都以为是孩子淘气自己弄脏的。难道是被扔在花田里了？母亲还病着呢，这个时辰周启也没回家，她放心不下孩子和母亲，急忙赶回了马塍。

马塍花田里到处是人，乱糟糟的。宋家人已经发现柳七娘不见了，正在四处找她。柳七娘着急地奔回家，推开门，发现母亲和孩子都在院子里，周启也已经回来了。

她的出现让一家人吃了一惊。

宋九娘看着眼前这个小娘子，连说："我花了眼了，竟以为七娘回来了，哎呀，真像啊，像极了十六岁时候的七娘……声音，也是一模一样。孩子，你有什么事？"宋九娘顿了顿，哭了起来，后悔地说："自己的女儿自己疼，可我对七娘也太刻薄了些。自打她爹走了，她只有我这个娘亲可以说心里话了。我今早还骂了她。她没有做错什么啊……"

周启听了岳母的话，也懊悔起来：

"今天一整天都是我一个人在卖花，没了七娘帮忙，实在是累得慌，我撑不住就早回来了。回来没见七娘，两个孩子都在花田泥地里抓着屎尿玩儿，饿得哭成了泪人。起先我还埋怨七娘丢下孩子，想着她也许出去一趟就回来了，但左等右等没等到她。我自己给孩子收拾干净了，做了饭菜，这才发现出去卖一天花再回来收拾家里，原来这么难。

"后来，我发现七娘存放'汤绽梅'的陶罐不见了，这可是她的宝贝。我才想到也许她要离开这个家，甚至可能要寻短见了！是我对她抱怨太多，只说自己辛苦。其实她才是最累的那个。"

宋·赵佶《蜡梅山禽图》（台北故宫博物院藏）

柳七娘顶着十六岁时的面孔，心里五味杂陈，不知该说什么。大女儿周好好这时候也回来了，知道母亲失踪了，急得直哭。她发现万花会上认识的姐姐竟然在自己家，惊讶之余更是抱着柳七娘大哭。

"别哭了，照顾好外婆和弟弟们，我再出去找找。"周启说着就要出门，被柳七娘一把拉住了。她问他："柳七娘平时在家做的都是些小事吗？她是在享福吗？"

"享什么福！家里的琐事永远做不完，即使做了也很难被看到。她原来那么喜欢插花，现在心神全耗在琐事里了。"他摇摇头，又要往外走。

"不用找了。"柳七娘笑了，慢慢撕掉了脸上的面皮，"我原想过完这一天就不活了。现在……哎呀，你们是不知道，活儿是累不死人的，累了睡一觉也能好。真正累死人的，是没有一个家人体谅自己。"她想要的，只是一句关心的话而已。

一家人都又惊又喜，继而沉默了。

周好好没想到万花会上的"姐姐"竟是自己的母亲。她一直羡慕别人家的长辈优雅可爱，原来自己的母亲也可以光芒万丈。周好好转头对父亲说："爹爹你每天都笑呵呵的，但是妈妈不快乐。你总说让她学贾二娘，可你也要学学丫丫的阿翁。"

柳七娘摸了摸女儿的头，心想：今天是十六岁的最后一天，十六岁的自己用一场"出逃"告诉三十五岁的自己——要永远保持十六岁时的热爱和勇气。

京 都 厨 娘

独家菜谱的秘密

"你说，谁是临安第一的美厨娘？"在临安官巷的一处小院里，在填满瓦屋的烛光中，厨娘林遇仙走到梳妆台前，对着镜子问了这句话。四周寂静无声，回应她的只有大街上头陀的报晓声——"天色晴明——"

她早换好了一身讲究的衣裙：内里是一件素色绣花抹胸，外搭一件翠色直领对襟长褙子，褙子之下是一袭鲜艳的红裙。看着湖州镜里那张美丽的脸，她认定了自己的答案，微笑着往高高的发髻上插了两把冠梳和三朵时鲜的茉莉花，接着涂白额头、鼻梁和下巴，开始化"心机裸妆"三白妆。

这是淳熙年间（1174—1189）的一个六月初六。

一阵敲门声响起，她没有搭理，慢悠悠地在两颊上各贴了一片花钿，这才起身去开门。门外停着一顶凉轿，是专程来接她去上门做菜的。临安人不仅可以叫"外卖"，也可以找"代厨"。林遇仙才二十一岁，已经是临安人争

北宋·苏汉臣《靓妆仕女图》（波士顿美术馆藏）　南宋·刘宗古《瑶台步月图》（北京故宫博物院藏，局部，画中可见宋时女子装束）

抢着聘请上门做菜的名厨了。

　　林遇仙使唤两个脚夫抬走了院子里的一个大木箱，便出门了。她不差钱，出个门能坐轿子就绝不走路。

　　"哎哟，这不是名厨林小娘子吗？"

　　"她呀，厨艺是高，但现在算不上是临安第一厨娘了。熙春楼来了一位新厨娘，做的菜那叫一个好，可把她比下去了！"

　　向来不在意路人议论的林遇仙，一听这话就让人停了轿子，冷眼问道："你是说，熙春楼那位才是临安第一的厨娘？"这眼神冷极了，那路人哆嗦着说完"是"就跑了。

　　"到底是谁？"林遇仙掏出香袋里的一面小湖州镜，再也不能保持惯常的冷静，越想越烦躁。她天资聪颖，又刻苦学厨十多年，这才练就了超凡的厨艺。临安民间的饕餮客评了一个"临安厨娘榜"，她向来是榜首，一点儿也不愿有人超过自己。她平生别无所求，把所有的热情都倾注在厨房里，只希望自己的厨艺是临安第一。

尤其是近几日，她更要保住自己的第一，因为她想要已故的尚食刘娘子的传奇食谱。

传说，曾为太上皇（指宋高宗）做菜的尚食刘娘子死后留下一本绝妙的菜谱，宫里人都说这菜谱记载了许多秘制菜肴的配方和做法。市井小报都刊登过众多尚食娘子高价疯抢这菜谱的事。尚食刘娘子死后，菜谱到了她侄女刘二娘的手里，刘二娘按照姑姑的遗愿，要把这本菜谱传给临安最好的厨娘。

林遇仙听说有这样一本菜谱，也曾想高价买下，毕竟她靠着厨艺早就攒下了一个小金库。可刘二娘不肯卖，她在三天前放出消息，说无论是谁想要这本菜谱，都得在崔府君诞辰这一日的酉时到太和楼参加厨艺大赛，获胜者得。

崔府君诞辰就是今日。

这轿子却不是接林遇仙去太和楼的，这一天她还揽了两个上门做菜的活儿。从前，林遇仙长期受雇于富贵之家，虽然每月拿着薪水，旱涝保收，但她总觉得不是那么自由，每天都有做不完的宴席。后来有了名气，她就辞别富家，当了一个独立厨娘，给人上门做菜，按时辰收费。反正慕名来找她做菜的

宋高宗（北宋灭亡时，唯一没有被抓走的皇子，顺理成章成了"中兴之主"。宋高宗和他的父亲宋徽宗一样，是个艺术家）

北宋·张择端《清明上河图》（北京故宫博物院藏，局部，图中可见暖轿）

人家很多，她大可以按照自己的时间来安排。眼下，预约排到了新年的元旦。

"这个熙春楼的新厨娘，当真厨艺一绝？"林遇仙对着镜子出神地想着，忽然轿子猛地晃了一下，停下来了。原来是迎面相向的两顶轿子争道，堵在狭窄小巷里了。林遇仙向来懒得处理这样的琐事，这凉轿四周仅有部分遮挡，一眼可望见坐在轿子里的人，她索性拿便面遮住了脸，闭目养神，任由轿夫们去处理。

好一会儿，终于还是另一顶轿子先走了。那轿子后面跟着的一个小婢女，一边走一边抱怨着："我们娘子还要赶去三桥做菜呢，耽误了这么些时间，砸的可是熙春楼的招牌，今儿真是倒霉……"

"熙春楼？"林遇仙探头看了一眼远去的轿子，问轿夫，"刚才和我们争道的是熙春楼的人？""对啊，就是最近炙手可热的那个熙春楼新厨娘，据说她是临安第一……"轿夫答道。

真是冤家路窄啊！林遇仙心想：要是早知道轿子里坐的就是那位，定要仔细看看她到底是谁、长什么样，是否有我半分的美貌？

转眼到了清波门外。

炎炎夏日，又逢崔府君诞辰，今天的西湖浮满了纳凉避暑的人。在临安，崔府君诞辰是盛大节日，不仅皇帝要派人祭祀，贵戚士庶也会到西湖边的显应观里献香。每到这一日，西湖上便满是画舫。有人敞开衣襟，在阵阵荷香中吃着冷水浸过的瓜果；有人披散头发，痛饮狂歌；有人枕着柳荫，围棋垂钓……

林遇仙刚下轿子，一个早就等在湖边的十来岁少女就迎了过来，这是林遇仙不久前收的徒弟张赛哥。她们一起走上了停在西湖边的一艘大画舫，画舫四周有很多小船在叫卖河鲜海味，有人喊了声："林小娘子！"林遇仙心里是乐的，却一眼也没瞧。

天太热了，大画舫里却凉快得很，角落里都摆着冰山呢。林遇仙在阵阵

（传）南宋·李嵩《西湖清趣图》(弗利尔美术馆藏，局部，图中可见清波门外景观)

凉气里往脖子上挂了一条银索襻膊，将衣袖高高撸了起来，又理了理发冠，这才打开从家里带来的大箱子。箱子里装满了用金银制作的锅、铫、盂、勺、汤盘等全套厨具。

只见林遇仙把一条刚宰杀的鲜鱼摆上砧板，挥刀片了起来，那薄如蝉翼的鱼片纷纷落在水晶盘上，最后拌上葱花、酱醋就能生吃了，这就是宋朝的名菜"斫脍"。她做菜时的一举一动总是格外优雅，看她做菜让人觉得就是一种享受。

北宋·佚名《百马图》（北京故宫博物院藏，局部，图中可见戴襻膊的马夫）

"你听说过王维的《辋川图》吗？"她理了理衣裙，颇有些得意地说，"接下来，我要做二十道冷盘，重现辋川二十景。"这道凉菜原是一位名叫梵正的尼姑所创，专门以各种瓜果蔬菜雕刻成景物形状，用炸、脍、腌、酱等手法，在冷盘上摆出辋川的景观，合起来便是一幅《辋川图》。

她闭着眼睛都能画出《辋川图》，不一会儿就雕刻完成。她指着一处鲜花盛开的无人谷地，说："这是辛夷坞。"又指着一处竹林环绕的屋舍，说："这是竹里馆，复现了'独坐幽篁里，弹琴复长啸。深林人不知，明月来相照'的意境，这意境不错吧？"

说完，她换了一身干净衣服，收拾得风采照人，才和徒弟一起到船上的客舱去领赏。赏钱拿了不少，可她们刚退下，宴席上的一个客人就开始说道："不错，但林小娘子这个辋川冷盘嘛，我是有些吃腻了。要说菜式新奇，还得是熙春楼那位。同样是辋川冷盘，她还加了好些人物呢，活灵活现的，好玩、好玩！大家都说，这熙春楼新来的厨娘会做临安许多酒楼的招牌菜，一个人顶十个人，花样多着呢！"

林遇仙听见了，心想：这人真够浅薄的。辛夷坞里画满了人物，吵吵嚷嚷的，还是清新脱俗的辋川胜景吗？可见那厨娘也是个俗人。

人前，林遇仙是个"冷面娘子"，从不会把喜怒哀乐挂在脸上。她忙完画舫上的宴席，又坐着轿子去了西河附近。尽管心里颇有些不悦和失落，但她还是面无表情地去赶今天最后一个"代厨"的活儿。

在西河边的一处大宅院里，这户人家的"四司六局"正在筹备一场寿宴。财大气粗的主人特地请来了两位京都厨娘。一位是早已闻名临安的林遇仙，另一位竟是熙春楼新来的那位风头正盛的厨娘！

林遇仙一看，这传说中的厨娘竟是个老熟人，既吃惊又不屑地说："赵曼曼，原来是你啊！"她忍不住讽刺道，"我以为你早就不敢进厨房了。"

（传）北宋·郭忠恕《临王维〈辋川图〉》（弗利尔美术馆藏，局部，画中为辛夷坞）

（传）北宋·郭忠恕《临王维〈辋川图〉》（弗利尔美术馆藏，局部，画中为竹里馆）

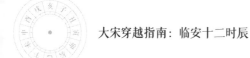

南宋·佚名《汉宫秋图》(图中可见贵族官僚宅第面貌。"四司六局"
是宋时的一种分工精细的专业服务机构,"四司"是帐设司、茶酒司、
厨司、台盘司,"六局"是果子局、蜜煎局、菜蔬局、油烛局、香
药局、排办局。这个机构的服务细致入微,有专管宴会陈设布置的,
有负责灯火照明的,有备着醒酒汤药随时待命的,有专门烹饪宴
席菜肴的,等等。主人家若是想大宴宾客,不论是祝寿宴、鹿鸣
宴、同年宴还是婚丧筵席,只需要花钱就能到街市上请"四司六局"
来筹备妥当。很多富贵人家在家里设置了"四司六局")

　　赵曼曼见了林遇仙,也很不屑,咬牙切齿地说:"就你能耐!花枝招展地
进厨房,做一道菜换一身衣裳。我说啊,酒招子都没你招摇。"

　　林遇仙瞧不上她,也懒得回应她,可张赛哥听不下去了,说了一句:"什
么动静这么响?半瓶水的汤瓶都没你这么晃荡,一晃就响。"赵曼曼气得恨
恨地说:"都是人高价请来的,谁也别瞧不起谁。"

　　"就你,也配?"林遇仙扔下这一句就进了厨房。

　　偌大的一个厨房里分出了两个"战场",当中摆了好几扇屏风隔开。

　　林遇仙将了将襻膊,从竹篓里挑了好大一个带枝的橙子,拿刀截去带枝
的这一片顶。她一边操作一边跟张赛哥小声说:"做这道蟹酿橙,须得选用黄
熟的大橙子,截顶,剜去内里的瓤,留下少许汁液,备用。"

　　说话间,林遇仙已做好了一个橙盅,紧接着捏了一只鲜活螃蟹搁在砧板

上，三两下开了蟹壳，把蟹肉、蟹黄都仔细剔出来塞进橙盅，往上淋了蟹油，又将刚才截下的带枝橙顶盖了上去。

林遇仙一边忙碌，一边叮嘱张赛哥："蒸煮前，得先在水里加酒醋。等到上菜时，再备些盐和醋调味。"她接着将整个酿了蟹的橙子装进一个蒸饭的小甑里，上灶蒸煮。

师徒俩没有闲着，继续做下一道菜——洗手蟹。因制作起来简单快捷，客人点了菜后只需洗个手的工夫便能上桌品尝肥蟹，这种生食螃蟹的吃法风靡宋朝社会各阶层。

徒弟挑了一个好橙子，将果肉细细捣成泥；师傅三五刀将一只大活蟹剁成了碎块，又从一个大罐子里舀了几大勺汁液浇在蟹块上，对徒弟说道："这是青梅果加盐等配料用独门配方腌制出来的酸汁，以后我教你怎么做。"

说完，师傅接过徒弟捣好的橙肉泥，连同花椒末一起倒在生蟹块上，搅拌均匀，一道酸麻可口的洗手蟹就做好了。

尽管厨房一角也堆着降温的冰山，可做完两道菜，林遇仙还是流了不少汗。她受不了自己妆容花掉的邋遢模样，又换了一身衣裳，补了妆。在她看来，不论是菜肴本身，还是做菜的人，都得是赏心悦目的。

等林遇仙收拾好出来，赵曼曼正亲热地拉着张赛哥的手，故意大声说道："赛哥，你想想，跟着这个不爱说话的师傅能学到什么？不如跟着我，不论什么秘方，我都仔仔细细地教给你。"她说完就要上轿离开。

林遇仙不屑地哼了一声，心想："哪怕你说破嘴，我的徒弟还是我的徒弟，才不会被你拐跑了。"她这么想着，却看见自己唯一的宝贝徒弟乐呵呵地跟着赵曼曼的轿子走了。她失望极了，但还是高傲地坐上自己的轿子，头也不回地离开了西河边的豪宅。

暮色四合，林遇仙的心情也像这逐渐昏暗的天色一般沉重。虽说徒弟丢了，但她还是强忍着失落，若无其事地去参加太和楼的厨艺大赛。

太和楼是一座豪华的官营酒楼，门口布置着彩楼欢门和红绿杈子。林遇仙进了太和楼，穿过一楼的几排散座就到了酒楼中央的天井，这里被改造成了大厨房。不论是在四周的一楼散座，还是在二楼围绕着天井的小阁子，人们都可以看到即将在这里举行的厨艺大赛。

距离比赛开始还有两刻钟，尚食刘娘子的侄女刘二娘带着菜谱来了。和她一起出现的还有十五位来自临安各个行会的行老，他们是本次大赛的评委。

南宋·林椿《橙黄橘绿》（台北故宫博物院藏）

（传）南宋·李嵩《西湖清趣图》（弗利尔美术馆藏，局部，画中可见钱塘门外的先得楼）

"我报名时要的食材，可都备好了？"林遇仙问酒楼里备菜的伙计。那人回答："都备好了。羊头签五份，各用羊头十个；葱齑五碟，合用葱五斤……"

"赛哥！"林遇仙下意识地喊了声，很快又反应过来，徒弟已经跑了。

她沉浸在失落中，恍惚间又听到一个熟悉的声音喊她"师傅"，一扭头就看见张赛哥朝她小跑了过来，跟在后面的还有怒气冲冲的赵曼曼。

宋·二侍填香石刻（中国国家博物馆藏，两个内侍一个手上拿着梅花形的香合，一个左手拿的可能是做印香的印模。印香也叫篆香、香篆、香印，用模具将香末压印成各种图案，点燃后可以连续焚烧来计算时辰，是宋朝的一种"静音时钟"，俗称"无声漏"。宋朝有人按照十二时辰来制作印香，分为一百刻，刚好燃烧一个昼夜）

南宋·陈居中《四羊图》（北京故宫博物院藏）

"我早该料到，你的徒弟也不是什么好玩意儿。假意跟着我走，一路上可是旁敲侧击打听我的参赛菜谱，见我不说，就撒泼耍赖，想阻止我来太和楼。我就知道，你们没安好心！"赵曼曼气呼呼地走了。

徒弟以为师傅要责备她，可师傅只是面无表情地说了一句："去瞧瞧食材有没有问题。"这事儿就算过去了。

比赛开始了。天井当中的一张香几上摆了一盘印香，可以烧整整一个时辰，厨娘们只要在这一个时辰里烧制出最终的菜肴即可。参赛的都是临安城里数一数二的厨娘，林遇仙和赵曼曼是其中的焦点。

林遇仙穿了围裙、挂了襻膊，坐在胡床上开始切羊肉。她惯熟条理，有运斤成风之势，一个羊头只剔留了脸部的肉，剩下的都弃之不用。

看客们忍不住发问："这些……都不要了吗？"

张赛哥抢先回答："你们懂什么，这道签菜要想做得精细，只能选用羊头脸部的几块肉。"话音未落，只见林遇仙拿了一片雪白的猪网油，将调过味的羊脸肉细细卷了起来，下油锅炸至外表金黄才捞出。

张赛哥按吩咐取了葱来做配菜：去掉所有的须叶，根据碟子的大小把葱裁成葱段，将葱段外面的几层叶子都剥去，只留中心似韭黄一般的部分，用酒醋浸渍。

这一道菜叫"羊头签"，是北宋东京开封的名菜，也是林遇仙的拿手好菜，她已经做过无数次了。

时辰已到，几位行老细细评点，把竹签投给他们心目中最好的三道菜。熙春楼赵曼曼也做了一道"羊头签"，凭借着这道菜得了一半的竹签，而林遇仙位列第二。

这个结果让刘二娘也很诧异，赵曼曼把号称"临安第一"的厨娘比下去了，而且还遥遥领先？但是请来评菜的都是临安行老中的老饕，德高望重，应该不会有错。她还是将尚食刘娘子的菜谱给了赵曼曼。

"她做得当真好极了？"林遇仙不敢相信，那个曾经回回都输给自己的手下败将，这一次竟然赢了？她害怕了，甚至不敢去尝一尝赵曼曼做的那道"羊头签"。张赛哥坐不住了，尝了一口赵曼曼的菜，疑惑地对林遇仙说："这个菜味道是还可以，但是和师傅的相比还是差远了！怎么会赢呢？"

"好了，士别三日，当刮目相看。我输了就是输了，你也不用安慰我。"林遇仙第一次在人前露出了悲伤落寞的表情。

林遇仙原本做完"羊头签"就该去换一身衣裳了，毕竟时时刻刻都要保持美貌优雅，但她现在没了打扮的心思，妆花了也顾不上了——没能拿到尚食刘娘子的菜谱，自己的厨艺也许真的再也不是临安第一了。她把大多数的时间都花在钻研厨艺上，此生唯一的心愿便是希望自己有着远超他人的高超厨艺，要足够强才行。但现在，她好像做不到了，输给了她一直认为厨艺差得不配进厨房的人，可笑。

"师傅，我没哄你，不信你尝尝。"张赛哥往师傅嘴里塞了一块赵曼曼做的"羊头签"。林遇仙心如死灰地嚼着，脸上显出了非常复杂的表情："嗯？这做得确实不如我……"

"我明白了！"她一改灰败脸色，冲到赵曼曼面前，冷眼瞪着她说："你还是像以前一样卑鄙。定是靠着贿赂赢了比赛，这有什么用？你的菜照样不行。"

"我可没有，我做的菜就是最好吃的。"赵曼曼得意地笑了，又说，"你应该还没尝过你做的那道'羊头签'吧？就是不如我的。"

林遇仙一愣，赶紧去尝了一口，发现菜里多出了一些奇怪的味道，这不是她调的味道。这道"羊头签"，她不知做过多少回，后来索性连尝都不尝了，这一回也是。她相信自己做出来的菜的味道不会有半点差别，一定是最高的水准。徒弟也知道师傅的习惯，相信师傅的水准，这一回也没有尝过菜。

"不对，赵曼曼一定是在我的菜里动了手脚。"林遇仙最不能容忍的就是有人把下三滥的手段用在做菜上，她拦住了正要离开的赵曼曼："说，你究竟使了什么手段？"

"送上门的傻徒弟，不用白不用。"赵曼曼笑了起来，说，"我不过是让她帮我捣了点酱汁，只不过那酱汁加了秘制香料，沾在

河南郑州登封黑山沟宋墓壁画《备宴图》

南宋·佚名《离支伯
赵图》（台北故宫博物
院藏，离支就是荔枝）

手上可洗不掉。要是刚好碰了什么肉啊菜啊，那浓烈的味道可就混进去了。"

张赛哥一闻自己的手，果真有一股味道，"可是，你怎么知道我师傅会让我碰食材，又怎么知道师傅会做'羊头签'参赛？"

"哈哈哈哈，我太了解她了。"赵曼曼拿出尚食刘娘子的菜谱，在手里来回摆弄着炫耀，"可真是我的傻妹妹啊，这么多年了还学不聪明？"

"就你？不配当我的姐姐。"林遇仙确定自己的厨艺还是胜过赵曼曼的，心里就恢复了平静，只是觉得可惜，没能拿到菜谱。

赵曼曼确实是比林遇仙大两岁的亲姐姐。

当时，临安中下层人家的风俗是"不重生男、重生女"，一旦生了女儿便如掌上明珠一般呵护，从小学一门手艺，长大了好受聘于富贵之家。手艺行当五花八门，有做针线人、杂剧人、拆洗人、琴童、棋童等选择，厨娘是

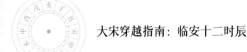

最为下等的，即便如此，也只有极富贵的人家才聘得起。

姐妹俩从小就被父母捧在手心里，只专心学厨，她们几乎每天都要比试厨艺，赢了就有果子吃，林遇仙从未输过。赵曼曼非常嫉妒妹妹，不仅学她做菜，也学她的言行举止。后来，父母和离，十五岁的妹妹跟着父亲，而姐姐则被母亲带走了，母亲改嫁后，姐姐也跟着改姓了"赵"。

赵曼曼得意极了，终于赢了妹妹一次。她故意当着妹妹的面翻起了菜谱，可越看越觉得不对劲："秘方在哪儿呢？假的，都是假的！"她气得把菜谱扔在地上，骂骂咧咧地走了。

林遇仙看着姐姐这气急败坏的样子，心里只觉得好笑。她捡起尚食刘娘子的菜谱，翻来翻去，研读上面记载的荔枝白腰子、缠梨肉、鸳鸯炸肚、南炒鳝等菜肴的做法，确实是一些常见的菜式，怎么回事？

师徒俩带着疑惑离开了太和楼，去夜市上逛果子铺，这也是她们每天的习惯。当时人们将新鲜水果、蜜饯果脯、部分干果、一些诸如藕和莲的食物等都称为果子，有余甘子、盐官枣、炒栗子、陈公梨、沉香藕、巴榄子、嘉庆子、林檎旋、缠松子、大蒸枣、姜丝梅、番葡萄、荔枝膏、糖豌豆、花木瓜、樱桃煎、芭蕉干……师徒俩都喜欢吃果子，但师傅最爱樱桃煎，而徒弟更喜欢"糖葫芦"——用竹签串起来的过了油或用水煮熟的林檎果，叫素签成串熟林檎。

看着夜市上一个小贩支着青布伞卖"糖葫芦"，林遇仙忽然想到：人各有偏好，最抚慰人心的味道不一定是最好的味道，可能是最不能忘怀的味道。太上皇还是皇子时，尚食刘娘子就已经是他家的厨娘。也许她的菜谱平平无奇，但每一道菜都是太上皇记忆中的美味。因为得过天子的许多赞誉，所以这菜谱才被宫里人传得神乎其神，毕竟连吃腻山珍海味的皇帝都说好吃。

潜火兵
第一天上班之整顿职场

淳祐年间（1241—1252）一个六月的一天，二十岁的江潮第一天到防隅官屋当潜火兵。晨钟敲响之时、头陀报晓之际，江潮已经在临安侍郎桥边的消防站——新上隅，开始工作了。

初来乍到，江潮充满了斗志，在来之前他多次参加过消防演练，还因为格外出色的表现得到了嘉奖。成为潜火兵是他十岁时的梦想，为这一天他准备了十年。

进了防隅官屋，他不愿意闲着，抢着整理屋里常备的消防器材——水袋、水囊和唧筒都放在大小水桶里，麻搭、火叉、大索、铁猫儿，还有斧头和锯子都堆在墙角，旁边靠着梯子，梯子上挂着灯笼和火背心等装备。他还不厌其烦地把院子里的几架云梯擦了一遍又一遍，还仔细检查了榫卯。

"江潮！你过来。"喊人的是要带着江潮工作的老潜火兵，三十岁的周楠。

北宋·张择端《清明上河图》（北京故宫博物院藏，局部，画中的建筑可能是宋朝的消防站"军巡铺屋"，而屋里的男子可能是当时的消防员"潜火兵"）

周楠往长凳上一坐，说："你这样瞎忙，没用！这里没有上头的人。你也歇会儿，否则显得我们不够勤快……"他说完懒洋洋地躺在了凳子上，抖着腿。这是个能坐着绝不站着、能躺着绝不坐着的职场"老油条"。

这场面让江潮很不自在，他环顾四周，才发现这里的潜火兵都懒散着呢：屋里的人凑在一堆，时不时吃着果子闲聊，簸钱玩儿；屋外的人说是在盯着望火楼的动静，可他们身体歪斜，站着都快要睡着了，那眼神全都飘着，火星子蹿眼前都不一定能看到。

虽然心里不满，但作为新人，江潮为了融入他们，还是谦卑地说道："各位都是救火的老前辈，在火场上定是威风八面的，还请哥哥们多教教我。"他的脑海中浮现出潜火兵纵横火场的情景，眼睛亮了起来，激动地说："据说，宁宗年间的一个三月，一场大火烧到了尚书省、中书省、枢密院、六部、右丞相府、亲兵营、修内司、学士院、内酒库等地，官兵连夜救火都没成功。到了第二天，大火甚至烧到了皇宫和宁门的鸱吻，眼看就要火烧大内。我要是生在那个时候，定要学张隆，潇洒地踩着飞梯，拿把斧头，一个飞身就砍掉着火的鸱吻。哎呀，真是威风啊！

还有，那一年……"

"得了。"周楠躺在长凳上笑嘻嘻地说，"你啊，还是太年轻咯。早些年，临安的火灾是真多。现在好多咯，一年乃至几年才有一次大火灾。"

"啊？"江潮叹了一声，语气里掩藏不住失落。

"怎么？你还觉得生不逢时，想天天上火场当英雄啊？"众人哄堂大笑起来。

周楠坐起身，掏出一包灌浆馒头，说："没活儿干，闲着最好了。就是有时候被喊去救猫，上屋顶、下沟渠，烦得很。再说了，干那么多活儿谁看得见？上头看不见，那你就是没干。拿同样的钱，干更多的活儿，不值得，没必要。"

宋朝普遍实行募兵制，用雇佣方式招收士兵，当兵成了可以领取薪水的工作。许多人也只把潜火兵当作一种职业，可这却是江潮的梦想。他看见周楠满嘴油腻地说着这些话，那油滴顺着嘴角落到军服上。江潮感到满肚子的嫌弃和厌恶，但他嘴上还是说："多谢师傅教我。以后什么事，都可以让我来

（传）南宋·李嵩《西湖清趣图》（弗利尔美术馆藏，局部，图中可见临安城内外房屋密集）

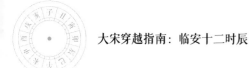

干，我愿意多历练历练。"

"听说你有个没过门的老婆，长什么样？"有人问话了，带着看热闹的姿态，"还是娃娃亲，怎么不早点娶？"

"这个……"

"怎么了，这么壮实的大高个还害羞？紧张什么，我们那点事儿也都说过了。现在正好聊聊你的嘛，闲着多无聊啊。"又是哄堂大笑。

江潮还没来的时候，他的八卦绯闻已经在防隅官屋里先传开了，他们就爱打听这些。江潮确实有一门小时候就定下的亲事，只是听说这女子长得丑陋，脾气还不好，他就怕娶个河东狮进门，所以一直以事业未成为借口拖着，指望女方另嫁他人。

眼下，一群人问这些话，是有意要拿江潮取乐。江潮大大咧咧的，好像天底下没有什么人和事能让他不高兴，但唯独这事例外。

他不吱声，可他们还在逗他："一定是美娇娘吧？哈哈哈哈。"

他假意笑着，心里却失望极了，心想：这帮人还真是无聊透顶，整日打听别人家的隐私，简直是巷口嚼舌根的老妇，哪像个潜火兵？这年头火灾少，不怎么需要到火场救人，难道我就日夜和这些人困在这里？能做成什么事业……

"走水啦！"突如其来的警报让所有人都吃了一惊。

临近巳时，望火楼上有了动静：望亭里的瞭望兵挂出两面旗帜，意味着朝天门以北的某处失火了！

临安的每个火隅都有用来监测火情的高耸建筑——望火楼，楼上有士兵日夜值宿，一旦发现失火，就发出警报。官府将城内外划成了不同的消防区，

（传）南宋·李嵩《西湖清趣图》（弗利尔美术馆藏，局部，图中可见望火楼）

约定了特别的数字作为代码，比如朝天门以南是三，朝天门以北是二，临安城外是一。当火情出现，楼上的瞭望兵就会挂出对应数目的旗帜，如果是夜晚出现火情，就改用灯笼来发出警报。潜火兵可以根据旗帜或灯笼的数目快速判断失火的大致方位，迅速出动去灭火。

几乎是在望火楼挂出旗帜的同一时刻，防隅官屋里的众人就听见屋外有人喊"走水啦"。潜火兵们迅速行动了起来，很快探知是天井坊失火了。

"总算可以救火了！"江潮抓起一个唧筒，激动地跟着队伍奔赴火场。这是他头一次到真正的火场上救火，但他一点儿也不害怕，甚至已经在脑海中想象自己穿梭在火光中救死扶伤、最后被嘉奖的场面。他忍不住笑出声，为自己叫了一声"好"。

（传）南宋·李嵩《西湖清趣图》（弗利尔美术馆藏，局部，图中可见望火楼）

"傻笑什么呢？江潮你跟着我去找水源。"刚进天井坊，周楠就喊江潮从队伍里出来，塞给他一个大水桶，让他跟着自己跑到最前面。

找水源是最安全的潜火工作，师傅怎么带他干这个？难道连火场都不让他进？他明白了，周楠是个胆小鬼，那吊儿郎当的样子就不像是会冒死救人的。真自私啊，还拉上自己躲着？

"师傅，我，我想到火场上……"

"少废话，快找水源！"

江潮心有不服，但还是老实听从了安排。他想，找水源多简单，花不了多少时间，大不了找好了水源再立刻去火场。临安城多火灾，各个坊巷都设置了用于消防的大水缸或大水桶，一些天然的池塘、河流也是灭火的水源。

江潮掏出这一带的防虞图，一一对照着找水源。

但事情没有他想象的那么简单。他找了两个防虞缸桶，发现里面都一滴水也没有。距离火场最近的一口水缸，里面依旧没有水，甚至堆了不少杂物。

"水呢？水就应该在这些地方啊，怎么没了？"江潮慌了神，从前参加救火演练，他都能顺利找到水源，还是头一回遇到防虞水缸里没水的情况。

焦灼间，一个老汉从家里提了一桶水出来，看见手足无措的江潮，说："这里的水早没了，要怪就怪偷猫贼！"

"啊？"

"偷猫贼在巷了里逮了猫，立刻就会把猫泡到防火水缸里。浑身湿透的猫儿，会不断伸舌头去舔身上的水，直到舔干为止，它们都不会叫唤一声，这样歹人就方便偷猫了。附近街坊的百姓怕丢猫，常常把防火水缸里的水抽干。加上夏天太热了，也有人偷偷用水，这水缸没水是常事。"

老汉说着就走了，留下江潮急得团团转。他愣了好一会儿，才想起来可以用官府的钱买水救火，既可以向百姓买水，也可以找"水行人"买。水行是宋朝的一个商业行会，拥有专业的运水设备和人员，专门做卖水的生意，他们也活跃在火场上，给潜火兵运水。

江潮想到这，拔腿就往街市跑。在天井巷里跑了没几步，就看见一个潜火兵带着水行人和一车接一车的水来了。他环顾四周，没看到周楠的影子，心想这人肯定溜了，毕竟是个能偷懒就绝不干活的人。

水有了。江潮也迫不及待地跟着水车队小跑到了火场。

盛夏六月，天干物燥，小火借着风势成了大火，很快分几路蔓延开了。四周易燃的茅草屋瞬间被点燃，初如荧火、次若灯光，不一会儿就冒起了千万条焰火，烟飞火猛，逐渐黄雾四塞，所有人都泡在黄雾里。

"起火点是什么地方？"

"有名的张家金银铺啊！"一个潜火兵大声喊道，说话间，火场里的一间屋子发生了爆炸，江潮根本没听清楚他说的是哪里。

起火点是天井巷里一家临街的金银盐钞引交易铺，主要做金银买卖和钱钞、盐引票证的交易，是当时的钱庄、银行。这类店铺门口常常陈列着金银和现钱，眼下已散乱不堪，门口写着"张家金银铺"的招牌也烧得看不清字了，再往里的铺面屋柜台处在一片火海中。刚才那一声响亮的爆炸声是从铺面屋后面的院子里传出来的。

商铺外面围了许多人，听到那爆炸声之后，有个四十多岁的男子哀号着要往火场里冲，人们拦住了他，他满脸乌黑，哭着说："我女儿还在楼里啊！几个伙计也都在后院厢房里，没出来啊！"旁边还有几个人也都在号啕着，一个老妇人瘫倒在地，恳求着众人去救她孙子，到处都是哭声。

大火烧得很猛，铺面屋几乎被烈火吞没了，潜火兵没法穿过大火到后院救人，只能在大街上灭火。江潮看着眼前的景象，双腿也有些发抖，真实的火灾比平时的演练状况可怕多了，站在火场前只觉得一切都会被吞噬，而他

北宋·张择端《清明上河图》（北京故宫博物院藏，局部，图中可见临街店铺）

自己也终将被熔化。当潜火兵是自己十年的梦想，难道此刻要退缩？

该怎么办？平日里的演练都成了纸上谈兵，他想不出穿越火场救人的办法。抓耳挠腮之时，江潮发现周楠正站在远离火场的一处高台上看热闹。周楠身上干干净净的，没有半点救火的痕迹，仍是那副懒散、万事不关心的样子，正瞧着火场发愣。

"无耻！"江潮顿时怒上心头，再听着周遭百姓无助的哭喊声，他一下子激动了，在泥地上泼了一桶水，把泥浆粘在穿着的火衣上，背了根唧筒，左手提着一桶水，右手抄起一把斧头，朝着燃烧的铺面屋砍了几下，不管不顾地冲进了火场……

北宋·曾公亮、丁度等奉敕撰《武经总要》（书中所绘的唧筒、水袋、水囊）

北宋·曾公亮、丁度等奉敕撰《武经总要》（书中所绘的甲胄）

北宋·曾公亮、丁度等奉敕撰《武经总要》（书中所绘的铁猫儿、火叉，铁猫就是铁猫儿）

北宋·曾公亮、丁度等奉敕撰《武经总要》（书中所绘的麻搭和泥浆桶）

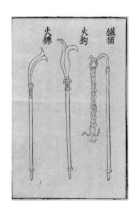

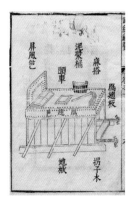

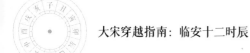

张家金银铺的铺面房后面连着一个院子，院子左右两边各有几间厢房，院子北边是一座二层小楼。几间厢房和铺面房挨得近，都烧了起来，小楼的底层也着火了，但二楼暂时还没有火光，只是往外在冒烟。

江潮破门冲进院子后，几个潜火兵也跟着闯了进去。跑在最前面的江潮，手持斧头，对着厢房的门窗又是一阵砍，破开以后探头看里面是否有人，若是有人就立刻喊潜火兵来救。一个小姑娘被救了出来，她奄奄一息指着小楼，开口道："张小娘子还在楼上……"

许多潜火兵都集中在院子里灭火。有的举着一根蘸了泥浆的麻搭扑向失火的窗户；有的提起几个水囊抛进火中，水囊炸裂后就浇灭了一部分火；有的左手拿锯子、右手拿斧头，拆毁了烧得正猛的小门，另有两人举着火叉和铁猫儿拨开失火物；另外，有三五个精壮的潜火兵拉开了一个水袋的口子，朝一间熊熊燃烧的厢房灌水……

小楼底层的火势越来越大，尽管潜火兵们已经扔了许多水囊水袋，但依然进不去楼里，上楼的梯子也淹没在火海中。江潮又想拿斧头硬砍进去，但他的眉毛都被烧光了，还是闯不出一条路。

正在发愁，几个潜火兵议论着："快看！这一间厢房紧挨着小楼。咱们灭了厢房屋顶的火，只要架着梯子，就能从厢房屋顶再架梯子到小楼二楼。""不成，不成，这厢房被严重烧毁了，随时可能倒塌，别说在上面架梯子，就是一个人爬上去都危险。不如……"

这边话还没说完，江潮一听可以爬屋顶上楼，立刻喊着"我去"，就噌地一下踩着梯子上了屋顶，又抢过梯子，架在屋顶上使劲破开二楼的窗户。在他看来，救人是天职，哪怕豁出自己一条命也值得。这就是当英雄的时刻，怎么能错过？

"小心！"一阵轰隆声，厢房的半面墙还是倒了。

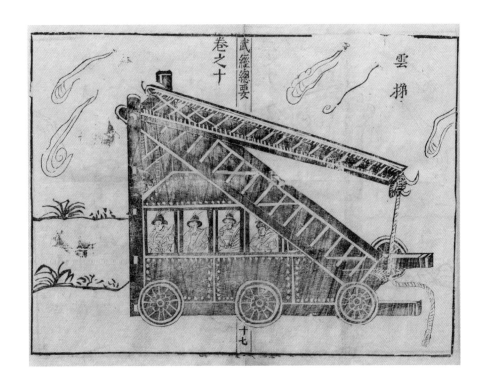

北宋·曾公亮、丁度等奉敕撰《武经总要》(书中所绘的云梯)

烟尘中，江潮一只手扒着窗户，进了二楼，丝毫没有注意到他脚下的梯子已经掉进了瓦砾中。

二楼屋里满是烟雾，特别呛人。江潮掏出怀里的湿布条绑在脸上，捂住了口鼻，猫着腰搜索屋子。这是一间女子的闺房，屏风、梳妆台、绣墩、大小的花瓶和花架全都是精工细作的，一看主人就是被娇养的。

江潮往里走，一不小心撞倒了一个花架，动静很大，他立刻听见了女子的尖叫声，于是大喊了一句："潜火兵，救你来了！"然后捡起散落在地上的一个铜水盆，敲打着，不一会儿烟雾中也响起了一连串回应的敲打声。他循着敲打声走去，在靠近床榻的两扇屏风之间发现了一个大浴桶。大浴桶四周摆着几个装冰块的小铜盆，现在这些冰都被一楼冒上来的热气融化了。

敲打声就是从大浴桶里发出来的。

江潮上前一看，里面没有半点水，躲着一个十五六岁的少女。她已经吓坏了，一只手捂着口鼻，一只手拿着面铜镜，发现江潮靠近了，惊恐地用铜镜遮住了脸。江潮说了句："你是张小娘子？我救你出去。"一下把少女从浴桶里捞了出来。

少女的脸上沾满了泥灰，意识到有人在看自己的脸，少女惊恐而又羞愧地将头缩到了手上的铜镜后面，说了句："吓到恩人了吧？"

"啊？"江潮不明所以，只听见"轰隆"一声，不知楼下的什么东西炸开了。这里不能久待，江潮背着少女到了窗边，想把她送下楼。这时，他才发现自己上楼的梯子已经没了，屋顶也塌了。他想从别的窗户出去，可一楼的大火随着那一声爆炸已经蔓延上来，将他们逼到了窗边。这下无路可逃了。

就在这时，有人从窗外扔了几个水囊进来。江潮回头一看，窗外的云梯上站着一个

北宋·曾公亮、丁度等奉敕撰《武经总要》（书中所绘的宋代士兵形象）

人，那人正是周楠，这让他吃了一惊。周楠翻身进窗，和江潮一起把少女交给了云梯上的战友。

"怎么会是你？你怎么会来？"在等待云梯的间隙，江潮问道。他始终觉得周楠是最怕死的胆小鬼。

周楠还是那副懒散的样子，反问道："谁让你直接冲进院子的？还自作主张上楼救人？"

"果然。"江潮也来了脾气，"难道像你一样在火场外面看热闹？真有师傅的样子。"

"你懂什么？我在外头瞧了宅院四周的地形，盘算看把云梯推到隔壁院子，再进张家院子，到楼里救人。你倒好，想也不想就冲进火场，不要命啦？知不知道里面有多危险，你这样贸然闯进去，弄不好救不到人还把自己折在里头。"

"可是……"江潮无话可说。

"还有，让你去找水源，你怎么磨磨唧唧的？最后还是我及时找来了水行人，让他们把水送过来。你这耽误了多少工夫？"

"原来水行人是你找来的……"

"救火得动动脑子，走，快走！"周楠先把江潮推上了云梯，然后自己才爬出窗户。他们刚上云梯，小楼就被火光吞没了。

"人都救出来了吧？"

"豆豆，我家豆豆还在里面！"哭喊起来的人是张家金银铺里一个煮饭的妇人，她挣扎着要往火场里冲，被江潮拦了下来。他问道："多大了？搜了一圈没看到有人啊？"

"才五六岁啊，没见着他吗？没有吗？哎哟！他从前就老喜欢躲在厨房水缸和米缸的后面，是不是在那儿？"

"厨房？"江潮想起来了，水缸和米缸之间是有个藏得下小孩的空隙，刚才他搜厨房时喊了几声，瞧着没人也就走了。难道真的落下了一个孩子？

顾不上多想，江潮又一下子冲进了火场，别人拉也拉不住他。火场中，江潮左突右窜，终于从窗户爬进厨房，在水缸边找到了昏睡的豆豆。他使劲儿将豆豆从窗口递给了跟过来的潜火兵们，自己被烟雾呛得昏昏沉沉的。

他伸手想要爬出窗户，厨房的屋顶却在这时塌了下来。千钧一发之际，有人从窗外将他使劲拉了出来，拉他的那只手臂上有个圆形的烧伤疤。这个烧伤疤他记得，十年前就是这个烧伤疤的主人将他拉出了火场，是谁？他找了好久都没找到。他试图看清迷雾中的那张脸，可怎么也看不清。最后他眼前一黑，昏了过去。

也不知过了多久，江潮在一家茶汤铺里苏醒过来。茶汤铺和张家金银铺都在一条街上，离得不远。这会儿，茶汤铺里坐了不少人，全是从火场死里逃生的幸运儿。

"恩人，如何了？"张小娘子戴着面纱，给江潮递了一碗茶汤。

"就是腿动不了了，不碍事。人都救出来了吗？"江潮忍着双腿的疼痛，望向火场。

"嗯。听说是我家铺子里的一箱子隔年烟火忽然烧了起来，这才……"

"刚才是谁救我出来的，你可看见了？"

张小娘子摇摇头，又说："多谢恩人救我。否则我就葬身火场，一辈子都耗在那座小楼上了。"

"一辈子都在楼上？"

"我，我从未下过楼见过外人，就连见我爹都戴着面纱……"

北宋·张择端《清明上河图》（北京故宫博物院藏，局部，图中可见院落式店铺）

"这是为什么？"

"恩人也见过，我，我实在是面目丑陋，不愿意吓着别人。"张小娘子摆弄着铜镜，说，"我都害怕看我自己的脸……"

江潮拿过她手里的镜子一看，这镜面不平，将他的脸拉成了一张驴脸。三言两语一问，才知道张小娘子七八岁时得了这铜镜，误以为自己相貌丑陋，从此不让任何人再见自己的面容。这一会儿她才知道是铜镜有问题，耽误了她。张小娘子望着铜镜出神，直到被她爹爹接走，都还是恍恍惚惚的。

肆虐几条街的大火终于灭了，从巳时到酉时，整整烧了五个时辰。

所有的潜火兵都撤出了火场，有人说了句"张家金银铺真是好大火啊"，江潮这才知道失火的是张家金银铺。他没有忘记他的未婚妻就是张家金银铺老板的女儿……

失了神的江潮逮着人又问："刚才是谁救了我？"才问了两个人，他就不再问了。

他看见了累得瘫坐在地上的周楠。周楠的衣服已经被烧得破破烂烂，浑身的疤痕都露了出来，那是常年在火场英勇救人的印记。而在他的手臂上，赫然现出了一个令江潮永生难忘的圆形烧伤疤。

货 郎

武林旧事 东京梦华

　　淳熙年间（1174—1189）的一个七月初七，四更时分，临安像往常一样响起了此起彼伏的钟声，这些来自灵隐寺、净慈寺等众多寺院的钟声提醒人们，新的一天开始了。

南宋·王洪《潇湘八景之烟寺晚钟》（普林斯顿大学艺术博物馆藏，画中可见山谷里的寺庙）

临安清河坊，六十多岁的老货郎吴百四听着钟声起床，叫醒了八岁的小孙子果儿。爷孙俩各拿了一柄马尾毛制成的竹木刷牙子，蘸了皂角浓汁，在茅草屋前刷了牙，又在屋里喝了米粥当朝食。老货郎这才挑着担子出门，赶到早市上摆摊。

五更天，各个寺院的行者头陀沿街报晓，一边敲着木鱼、打着铁牌子，一边高喊着"天色晴明"。此时，在皇宫的和宁门前，全城最热闹的早市开始了。皇宫里的宫女和官署中的官吏都来这里选购各种珍品菜蔬、时新果子和生猛海鲜。

和宁门是城里最繁华的商业街——御街的起点，御街上的商铺听到寺院钟声就开张了，卖点心和洗脸水；官员们也在头陀的报晓声中坐着轿子去上朝。

吴百四来得早，在和宁门的红杈子前占了个好摊位。早市上的小贩扯着

南宋·李嵩《货郎图》（北京故宫博物院藏，货郎担上常会挂着日用杂货和干果时蔬，但最多的还是各种各样的奇巧玩具：选官图、杖头傀儡、黄胖儿、影戏线索、钓竿、竹猫儿、促织盆、花篮、彩旗、糖鱼、六角风车、傩戏面具、不倒翁、千千车、小炉灶、小银枪刀、打马象棋、单皮鼓、风筝、悬丝狮豹、磨喝乐……）

嗓子吆喝，叫卖声千变万化，很有开封的市井气象，这总是让吴百四忍不住梦回故都。他出生在北宋东京开封，八岁时遭遇"靖康之变"，跟着家人离开故乡，颠沛流离十多年，最后在临安落脚。活到这个年纪，他的父母、妻子和儿子都离开人世了，只留下一个小孙子。

这会儿，吴百四拿出在和宁门夜市上买的一包盛在五色纸袋儿里的五色法豆，哄果儿吃着。他一边摇着拨浪鼓叫卖杂物，一边等着候潮门外鲜鱼行的人来送鲜鱼——他批发了鲜鱼，每天在早市上一买一卖挣个差价。南宋临安市场的批发业务格外发达。

一个打盹的工夫，吴百四闻到了一股独特的杳气，那是他几十年来都未闻到过却日思夜想的气味。宋朝人爱制香，但普天之下只有一个人懂得如何调制这个香方。

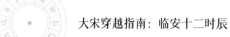

兀·钱选《来禽栀子图》（弗利尔美术馆藏，局部，画的是栀子花）

南宋·佚名《荔枝图》（上海博物馆藏）

吴百四瞬间清醒了，睁眼看见货郎担前站着一对老夫妻。丈夫看上去七十来岁，头发已经全白了；妻子估计六十多岁，穿着一身素净的灰色褙子，头上簪着一朵纯白的栀子花。老妇人挽着老头子在货郎担上挑了一个六角风车，问道："怎么卖？"

吴百四愣住了，一动不动，还是果儿接过话，完成了这笔买卖。爷爷年纪大了，常常打盹出神，小孙子已经习惯了。

等到这对老夫妻离开，吴百四才反应过来："错不了。这个声音、面容，虽然过了几十年了，但还是有当年的影子。尤其是这个香方，叫山林四合香，用荔枝壳、甘蔗滓、干柏叶、茅山黄连等寻常物按照秘制配方调制出来的，肯定是她、是她！"他说着，声音颤抖起来，不住地念叨："一定是她……"

"啊……阿翁在说谁？"果儿瞧着爷爷这一反常态的激动模样，也紧张起来。

吴百四自言自语着，慌慌张张地收拾了货郎担，也不等候潮门外的鲜鱼送来，就拉着果儿急急忙忙地往那对老夫妻离开的方向追去。

"阿翁，我们去哪儿？"

"去找一个五十年没见的老朋友。"吴百四在说出"五十年"的那一刻，感受到了岁月倏忽流逝的无奈，顿时哽咽了，"我啊，在你这么大的时候，和她一起从东京开封逃了出来……"他的脸上显出了光彩，往事在他眼前一幕幕展开。

他说的这个老朋友原是隔壁邻居家的姑娘——程三娘。程三娘的父母在东京开封的州桥边开了一间香铺，香铺隔壁就是吴百四家开的花朵铺。两个年龄相仿的孩子从小就在一起玩儿，吃遍了州桥夜市上的每一种小食点心。"靖康之变"时，程三娘家的香铺遭了盗贼，父母亲也都被害。吴百四的父母就带着孤苦无依的程三娘一起逃离了东京……

北宋·张择端《清明上河图》
（北京故宫博物院藏，局部，图中可见香铺）

"朝天门！"隐约看见了老夫妻的身影，吴百四挑着货郎担沿御街往北走。街上的人可太多了，根本走不快，他心里干着急。

一老一小好不容易挤到了朝天门，几个手举荷叶的小孩儿就围住了货郎担，嬉闹着要买磨喝乐。七夕乞巧节，正是磨喝乐大量上市的时候。磨喝乐，是佛经中神名的梵语音译，也被写成"摩睺罗""魔合罗"等。它是宋朝小孩特别喜欢的一种"手办"，用土木雕塑而成，多是穿乾红背心和青纱裙儿的造型，也有戴帽子的、手执荷叶的。每到七夕，临安的市井儿童都喜欢拿着新荷叶，模仿磨喝乐的模样，这也是从东京开封流传过来的习俗。

吴百四为了这一日，连熬几天夜做了好些磨喝乐。他年轻时曾向最擅长制作磨喝乐的苏州匠人学过手艺，做的磨喝乐甚是精巧，底下都刻着"吴百四塑"几个字。爷孙俩都盼着这些磨喝乐在七夕能卖个好价钱。

小孩儿们刚围拢过来，母亲们也都跟着凑过来了。她们平时总是要找吴百四这个老人家说长道短，没个一时半会儿消停不了。吴百四挑着担子走街串巷，卖的东西便宜，因此许多人都喊他"一文钱阿翁"。尤其是那些整日忙着照顾孩子的母亲们，特别喜欢在吴百四的货郎担上买东西。她们可以对着这个面容和蔼的老人家无所顾忌地吐槽自己的家事。

吴百四有一副慈祥的面孔，但他数落起那些刻薄对待妻子的丈夫和虐待儿媳的婆婆总是有万般说辞，能让孩子的母亲们暂时忘记繁重的家务，在货郎担边透一口气，再透一口气。

"前几日，我染了风寒，病得起不来床，问他怎么不关心我，猜他怎么说？他说：'我又不是郎中，关心你又能怎么样呢？既不能替你病，也不能治你病。'阿翁，你说他气人不气人？"一个青年女子牵着小孩哭诉道。

"这个，这个……"平日里伶牙俐齿的吴百四此时说不出一句话，他茫

(传)北宋·李公麟《婴
戏货郎图》(赛克勒美
术馆藏)

然地听着，心里着急得很。果儿看见爷爷失魂落魄的样子，知道爷爷肯定是急着要去找那位老朋友，于是小小年纪的他更加卖力地招呼客人们，又连连解释说他们还有急事要办，今日要早些收摊，不能再耽搁了。好一会儿，总算是把客人都招呼走了。

聚集在这一带的人可真是太多了，买东西的、卖东西的、跑新闻的、印新闻的、骑毛驴的、坐轿子的……气味繁杂，吴百四仔细辨认，也没法找出来自那个老朋友的独特的山林四合香气息，她究竟去了哪里？

朝天门附近有许多饮食店，吴百四一琢磨，就挨个儿进铺子，问伙计："是否见过一对老夫妻，男的满头银发，女的簪着栀子花，他们手里还拿着一个六角风车，有看见他们往哪个方向走了？"

北宋·张择端《清明上河图》（北京故宫博物院藏，局部，一个小贩手里拿着折叠交脚货架）

"不知道，今儿可忙死了，哪有闲情记得来过哪些客人，更别说客人去了哪儿。"朱家元子糖蜜糕铺的伙计这样说道。可吴百四还不死心，他已经问遍了朝天门的铺子，这是最后一家，他又追问道，"再想想，一对拿着六角风车的老夫妻，见过吗？"

伙计摇摇头，可另一人忽然插话道："他们是不是六七十岁的模样？"说话的人也是朱家铺子的伙计，刚推着一个雪糕货架从外面回来。不等吴百四说话，他就接着说："刚才倒是有一对老夫妻买了我的雪糕，我见他们手里拿着一个六角风车，颇觉有趣，就多看了两眼。老婆婆簪着一朵白色的栀子花。像是老婆婆爱吃这一口，所以老翁才说要买雪糕的。我听他们说买了雪糕要到中瓦子里逛逛呢……"

"还是像当年那样爱吃雪糕啊。"吴百四心想着，一听伙计说老夫妻会去中瓦子，顿时又来了精神。

过了朝天门，也就到了御街上最繁华的地段。临安最热闹的娱乐场所——中瓦子，就在这里。而中瓦子前的一段御街，被称为"五花儿中心"。这一带到处是酒楼、茶坊、歌馆，五花八门的商店，还有一百多家"钱庄"——金银盐钞引交易铺。

炎炎夏日，吴百四看果儿跟着自己走得满头大汗，于是在中瓦子前的张家小铺买了两碗雪泡豆儿水，又把货郎担寄存在张家小铺，这才扎进中瓦子。

中瓦子大极了，里面除了演出场所"勾栏"，还有许多酒楼、茶坊、歌馆。吴百四怕果儿累着，时不时就背着他，自己累得气喘吁吁。

爷孙俩找了好一会儿，还是没找到那对老夫妻，于是在王妈妈茶肆里吃了消暑茶汤，歇歇脚。王妈妈茶肆正有艺人驻场说着《西山一窟鬼》的故事。吴百四爱听书，只是忙着找人根本没心思听，这会儿趁着歇脚的工夫听了两句，一回头，竟发现果儿不见了。赶紧问王妈妈可曾看见果儿，王妈妈提着汤瓶往门外一指："跟你一起来的小孩儿？我看他跟着另一个差不多大的孩子走了。"

吴百四急坏了，冲出茶肆，在中瓦子里胡乱地找，最后在张家书铺前看见了果儿。果儿和一个穿戴不俗的七八岁男孩说说笑笑的，站在书摊前翻着书。

吴百四又惊又喜，怒气冲冲地跑过去教训果儿，骂着骂着又哭了，抱着果儿说："以后可不能再乱跑了！"好一会儿，吴百四才想起旁边的另一个男孩，问他："你是谁？"

"他是郑思齐呀！"果儿抢先叫了出来。吴百四盯着这男孩看了一会儿，恍然大悟道："哦！你就是昨天掉进西湖里的那个娃娃，换了这一身衣服都认不出来了，你怎么会在这里？"他的脸上露出了慈祥的笑容。

老货郎走街串巷，经常在路上遇到迷路的小孩。昨天，他在西湖里捞出了一个落水的孩子。这孩子贪玩，为了摸鱼掉进湖里，得救后借了果儿的衣服穿，愣是跟着货郎担和果儿玩了半天，才恋恋不舍地回家。爷孙俩把这孩子送回去，孩子还拿了一大包铜钱要给他们。

这会儿，一个老仆从张家书铺里出来，郑思齐把老仆手里的书塞给了吴

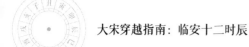

百四，那是吴百四一直想买的话本《大唐三藏取经诗话》，他时不时就念叨几句，昨天也和郑思齐提起过。吴百四看着两个孩子和一个老仆，吃惊地说："你们就是为了这本书，才跑到这儿来的？"

郑思齐忽然忸怩起来："昨天跟着阿翁和果儿，真是过得快活极了！今天为了报恩，我们忙了好一阵子呢！"

"报恩？"

"是呀！今天一早，我就让人喊来客人了，眼巴巴地在朝天门等阿翁的货郎担。我跟他们说，只要到阿翁的货郎担上买东西，都能在我这里领一份赏钱。还有啊，我早跟了阿翁一路了，看果儿把阿翁累成那样，就对他说'我们去给阿翁买《大唐三藏取经诗话》'，他就跟着我来了。晚些时候，我还要把果儿带走呢。我爹说了，小孩就是累赘，说我就是他的累赘。所以他总是给我很多很多钱，从来不管我，这样他乐得清闲。昨天我给阿翁钱，阿翁不肯要。那现在，我就把阿翁的累赘带走，这样阿翁也能清闲享福啦！果儿就和我一起来花钱吧，我有好多好多钱呢。"郑思齐说完，高高兴兴地搂住了吴百四和果儿。

吴百四听着这些话，顿时可怜起穿着华服的郑思齐，他摸了摸孩子的头，说："忘了报恩的事，快回家吧。还有，你不是累赘。"又看着果儿说："果儿也不是累赘。"

望着郑思齐远去的小小身影，吴百四紧紧抱住了果儿，这是他活在人世间的最重要的牵挂，可不能丢了。老朋友还是要找的，可在找人之前呢，吴百四打算把果儿托付给一个可靠的朋友。

爷孙俩出了中瓦子，沿御街往北到众安桥，再向西出钱塘门到了西湖边。钱塘门的上船亭边上，停着一只满载玩具的关扑船，船主正是吴百四的朋友李阿得。六十来岁的李阿得也是东京人，和吴百四在临安相识，一晃就过去了几十年。

只见关扑船上摆着一个画着各类玩具图案的大圆盘，一个客人掏了一枚铜钱买了一支用五色羽毛和绣花针做成的"箭"，正要朝转动的大圆盘射箭。若是射中大圆盘上的玩具图案，就可以直接拿走对应的玩具。这叫"转盘抽奖"，是当时流行的关扑买卖的方式。可惜，这客人失手了，众人都起哄着要他再花钱射箭。

吴百四好不容易挤过人群，大喊着"李阿得"，一上关扑船，就对李阿得说："我见着她了，错不了，一定是她。"

"谁啊？"李阿得正忙着招呼客人玩转盘，看见吴百四脸上露出从未有过的激动神情，顿时反应过来："你是说她啊……有消息啦？"

（传）南宋·李嵩《西湖清趣图》（弗利尔美术馆藏，局部，画中可见钱塘门）

"是。我来是想让你替我照顾果儿，我去找她。"

"别啊！我帮你一起找啊，走走走！"李阿得收了转盘，让客人们都散了，立刻又问，"她在哪儿？"

"不知道。今早在和宁门前的早市上看到她了，后来听说她去了中瓦子，但我找了半天没找到……"

"这可不好办了。"李阿得缓了缓，说，"不过，我们再去问问宋五嫂，兴许从她那儿能问出点什么。"

宋五嫂原是东京开封人，"靖康之变"后迁到临安，寄居在苏堤，以售卖鱼羹为生。有一年，皇帝（宋孝宗）陪着太上皇（宋高宗）游西湖。太上皇听说宋五嫂是追随圣驾南渡的东京人，就在龙舟上召见了她，吃了她做的颇有东京风味的鱼羹后赞不绝口。从此，宋五嫂的鱼羹美名远扬，她就在钱塘门外开了一家店铺，专卖鱼羹。

许多东京人都喜欢到她的鱼羹店里坐坐，说说故都的人和事，因此宋五嫂知道许多有关东京人的消息。

宋五嫂也老了，她回忆了好一会儿，终于还是摇着头对吴百四说："程三娘啊？你年年都问，可惜我也没消息，帮不了你。"

(传)南宋·李嵩《西湖清趣图》
（弗利尔美术馆藏，局部，图中
所示为丰乐楼）

宋·佚名《人物故事图》（上海
博物馆藏，有书画专家认为这
幅画就是《迎銮图》，展现宋高
宗生母韦后南归的场景）

"既然她来了临安，就总有机会见着。走吧！"李阿得看出了吴百四的失落，拉着爷孙俩坐上他的关扑船，游湖去了。他们在湖上荡了好一会儿，直到酉时才在丰豫门外的丰乐楼附近下了船，到一家小茶肆去吃茶。

"三娘！"吴百四进了茶肆，冷不丁叫出了声。一对老夫妻坐在茶肆的一瓶栀子花前慢慢吃着茶汤，老妇人头上簪着一朵栀子花，时不时摆弄一下手里的六角风车，不是程三娘还能是谁呢？

吴百四踉踉跄跄着上前，又唤了一声"三娘"，可老妇人却很疑惑地看着他，似乎从未认识过这样一个人。"三娘，"吴百四的声音颤抖了起来，"还记得州桥夜市的烟火吗？我们常常坐在香铺前面吃炙猪肉的呀。我，吴百四啊……"

老妇人盯着吴百四那张沟壑纵横的脸，愣了好一会儿，终于带着哭腔说："你怎么老成这样啦？"她颤抖着起身，望着眼前面目全非的故人，一时间竟不知道要说什么，只忍不住流泪。

"三娘，怎么了？"茶桌边的丈夫握住了妻子的手。妻子擦了擦眼泪，对他说："哦，你还记得吗？我同你讲过，在遇到你之前我有过一个丈夫，就是他。"

五六十年前，年仅七岁的程三娘跟着吴百四和他的父母一起逃离了东京开封，辗转扬州、嘉兴、明州、越州、温州、台州等地，他们跟着当时的皇帝一路逃难，在颠沛流离中过了十来年。程三娘长大成人后，嫁给了吴百四，世间多了一对恩爱的少年夫妻。后来，他们听说大宋官家定都临安了，也想着到此落脚安家。

一家人满怀期冀地从明州出发去临安，在半路上遇到了土匪。慌乱逃亡时，一家人走散了。那时吴百四才十八九岁，虽千辛万苦找回了爹娘，可就是没有找到程三娘。

多年没找到人，他想着程三娘要是还活着，一定会来临安找自己，于是就在临安住下，当起了货郎，走街串巷地找人，从少年到老年，就这么找下来。直到三四十岁时，他才再次娶妻、生子……

吴百四用颤抖的声音问程三娘："你呢？这些年是怎么过的啊？"

在吴百四的记忆中，少女时的程三娘活泼极了，每天叽叽喳喳有说不完的话。但现在，眼前的老妇人只是用一种毫无波澜的语调缓缓说道："当年，我被土匪掳走，还没到他们的老巢就生了病，半死不活的。他们嫌我碍事，随手把我扔在荒郊野地。我淋了几天雨，以为活不成了，没想到遇着个人。"她指了指身边的丈夫赵七，又说："他救了我。等我缓过气儿来，我说我要找我的郎君。他就带着我，四处去找你，也来过临安……找了好几年，都找不到，死心了。我时不时就生病，都是他照顾我，后来我为了报恩，就嫁给了他。我……"

她说完，叹了口气，又说："你别怪我。他也是个苦人儿，绍兴年间，颠沛流离中和妻子走散了，四处流浪，后来救了我……"

吴百四听程三娘说她遭了那么些罪，真是心如刀绞，嘴上已说不出宽慰的话。李阿得感叹道："当年，这种夫妻离散的事儿可太多了。"他拍了拍吴百四的肩膀，说："周六娘当年也是和丈夫走散，瘸着一条腿四处找人，哪里找得到？还是我从中牵线，让她嫁给了你，也算是可怜人互相慰藉了……"

"你说，周六娘，瘸腿的周六娘？"程三娘的丈夫赵七忽然问道。他们三言两语一聊，才发现周六娘就是赵七离散的妻子。四个老人都忍不住落泪了。

湖边茶肆的短暂重逢后，程三娘挽着丈夫走了。他们只是临安的过客，妻子想让得了重病的丈夫在七夕看一看大宋最繁华的都城，然后回到绍兴乡下走完人生的最后一程。

曾经的战乱改变了很多人的命运，而现在正是南宋最好的时代。吴百四了却了这一桩心事，虽然颇觉遗憾，但看着眼前活泼可爱的孙子，也很知足了。

北宋·佚名《乞巧图》（大都会艺术博物馆藏）

入夜了，吴百四挑着货郎担，牵着果儿回到了清河坊。

此时，街坊四邻正忙着过七夕乞巧节。吴百四瞧见一户人家的妇女儿童都穿着新衣，在庭院里设了香桌，桌上摆着磨喝乐、花瓜、酒果、针线、笔砚等物，桌边立着一根顶着莲花的长竹竿，一个少女焚香拜月，正在"乞巧"。

果儿看着邻居的乞巧楼，忽然问道："阿翁，您给我讲牛郎织女的故事好吗？"吴百四心里一动，五六十年前，也有一个小女孩让他讲过牛郎织女的故事。他笑着说："好啊，咱们先从一句词说起，'两情若是久长时，又岂在朝朝暮暮'……"

医 人
花海中的诡案

淳祐年间（1241—1252）的一个七月十五——道教的中元节、佛教的盂兰盆节、民间流行的"鬼节"，百姓在这天多吃素。往常闹哄哄、从三更天开始杀猪卖肉的修义坊（俗称肉市巷），也罢市了。

肉市巷里有一间"三不欺"药铺，许多客人乍一进门都会被铺子里的一尊和成人男子体形相近的针灸铜人吓一跳。制作这铜人的是药铺主人——四十多岁的胡风子。胡风子是个古怪的医人，每日五更天就在药铺里坐堂行医。他既懂儿科、妇产科，又能做"缝缺唇"和"切骈指"等整形手术。给他打下手的是个神采奕奕的十三岁药童，叫青盐。青盐聪明，记性尤其好，就是有些高傲，还有点洁癖。

上午，胡风子一边翻着从"荣六郎书籍铺"买来的小字本医书，一边绘制草药图经，没注意药铺外来了几个闲人。这伙无所事事的人在药铺门口编

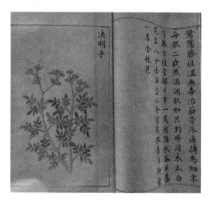

明仿宋铜人［中国国家博物馆藏，这是明朝正统八年（1443）仿照"宋天圣针灸铜人"铸造的。冯晓雪摄］

《履巉岩本草》（中国国家图书馆藏，书中所绘植物主要是南宋时生长在杭州一带的山地药用植物。该书可视为一部地方性的本草图谱。冯晓雪摄）

小曲笑话胡风子，说呆老子生了个蠢儿子，蠢儿子三岁开始学医，可医术极差，早晚将药铺败个干净。

多年前，胡风子娶过妻，有一对双生子，叫胡通和胡达。胡风子沉迷医术，除了制药行医，对其他事毫不关心。妻子闹着和离，大儿子胡通也因故去世。胡风子痛心之余，对胡达更加溺爱放纵。二十好几的青年天天在外夜不归宿，老爹也不管。这不，已近午时，胡达还未露面。

胡风子是经官府登记入册、定期到监狱为囚犯治病的医人，一旦官府传唤就得立刻出诊，有时还要从事验伤和验尸等法医工作，给官员提供审案的证据。他的案头摆着宋慈新出版的《洗冤集录》，他本人更是宋慈的狂热粉丝。

午时，官府来了消息：西马塍出了命案，让胡风子去现场验尸。

胡风子拿了一箱器物，带着青盐，骑了一头驴，往余杭门奔去。一路上许多小贩都在叫卖今天祭祖用的麻谷窠儿、练叶、鸡冠花、新米、时果、油饼、乳糕、冥衣、彩缎等物。出了余杭门，只见寺庙都在办盂兰盆会，道观也都设了普度醮，以超度亡灵。不多时，他们到了西马塍。

东西马塍一带是临安最大的花卉种植基地，今天家家都有鸡冠花卖。在西马塍的一处繁花似锦的园圃里，胡风子看到了可怜人的尸体，那一瞬间他受到了极大的冲击，满脸惊惧。靠着针扎指尖，胡风子恢复了一个医人该有的平静。青盐也惊叫了几声——现场实在惨烈。

验尸官姗姗来迟，对手下的吏人抱怨着："怎么把仵作都叫来了，多此一举！不就是一个乞丐饿死了？"他本该到现场验看尸体，指挥仵作检验，根据仵作喝报的验尸结果分析死因，却因为怕脏怕臭远远躲在了一边。

仵作，也叫仵匠、作作行人，原本指为人治丧的专业人员，主要做为丧家置办丧具、殡葬和检验尸体等工作，他们还有专业行会"仵作行"。宋朝重视法医检验，不仅仵作常被雇来验尸，官府中的专职尸检人员也被称为仵作。

在验尸前，青盐熟练地烧了些苍术和皂角去除秽气，胡风子按照验尸程序，木然地到尸体近前开始检验。一会儿，他的喉咙里挤出了些声音："死者……后脑有一处凹陷，应该是被人用某种重物击打过，这可能就是

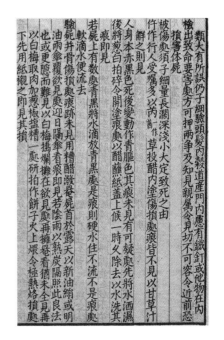

《宋提刑洗冤集录》中关于紫外线验尸的记载

致命伤……"

也许还有隐秘的骨头损伤？

为了验证这一点，胡风子在死者体表仔细地浇敷酒糟和醋，又吩咐青盐拿来了一把新的红油伞。今日阳光极好又是正午时分，胡风子撑起红油伞，迎着太阳光隔伞照看尸体各处，果真发现了几处骨折——这是《梦溪笔谈》和《洗冤集录》中提到的"红光验尸"，也是宋朝的"紫外线验尸术"，关键在于那把红油伞。阳光照射在红油伞上，红油伞就像一个滤光器，部分色光被吸收，透过去的红光照在尸体上，死者生前骨折处的血荫就能被观察到。

检验完毕，胡风子开始喝报验尸结果，再由吏人记载在《验尸格目》上（这是宋代尸检的三大文件之一，其他是《验状》和《检验正背人形图》）。

最后一道手续完成，他们本该在距尸体三五步远的地方，用食醋浇炭火，跨过炭火以去秽气。胡风子却抱着尸体撕心裂肺地大哭起来。

青盐带着哭腔说："这是他儿子。"

骇人听闻。

验尸官得知检验结果是凶杀，不耐烦地将吏人手上的《验尸格目》扯碎，说："写什么写，我说这人就是病死的，在场的各位都可以作证。根本不用验尸，快走吧。"他又指示几个手下："你们把尸体抬回衙门，看好了。"

宋朝的尸检制度严格，若死因是他杀，初验之后都要由上一级官员复验，检验有误的话，验尸官、仵作、吏人都要担责。若是病死的，在有可靠人证

的情况下可免于检验。验尸官想早点结案省去麻烦。胡风子看着这群昏官污吏离开的背影，恨得咬牙切齿，决定自己去查明真相。

青盐发现了一点异样。胡风子随着青盐的目光，看到在死者倒地的花田四周，除了有血迹，还有一些脚印，有的浅，有的深深地嵌在泥地里——深脚印应该属于一个特别重的人。青盐掏出记药方的纸片，把脚印的位置都画了下来。先前，他也画了死者的容貌和现场位置图。

"走，回药铺。"胡风子当即下定决心。

胡风子一回药铺就扎进屋里，过了好一会儿顶着一张全新的脸出现在青盐面前。换了衣裳后，胡风子将青盐也做了一番改扮，在赶去西马塍的路上他才解释道："我这张行医的脸太招摇了，不少人都认识我，还是换张陌生的脸去悄悄打听，兴许能在附近问到有用的线索。"他说得很冷静，可青盐分明听出了裹在每一个字里的悲凉。

案发现场附近都是大大小小的花圃，住着不少花户人家。

一个专做怪树盆景的佝偻花农说："那个年轻人今儿一大早就在马塍一带转了，大约辰时我还见过他。"

一个在幞头上簪了一朵三瓣罗帛假花的青年说："约莫巳时，我挑着一篮子鸡冠花想送去米市，路上就见他在那片花圃。对，就是发生命案的花圃那，他和一个戴面具的男人吵架。两个人身形相近，只是面具男要瘦一些。他的

元·钱选《八花图》（北京故宫博物院藏）

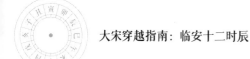

面具没什么特别的，就是街市上常见的那种傩面具。"

还有一个自称柳七娘的卖花女，骂咧咧地说："我知道那人，'三不欺'胡神医的儿子，以前还和一帮闲人抢过我的花篮！算了，我也不说了，他人都没了，唉……"

胡风子一路听得内心五味杂陈。这孩子巳时还活着，死亡时间也大概在这期间。那个和他争吵的面具男也许就是凶手，可那人是谁呢？

"咱们再去案发现场看看。"青盐提议。

好一会儿，他们都在案发的花田里走来走去，仔细观察着那些深深浅浅的脚印。胡风子对照着脚印的位置和方向来回踱步思考，他发现从别处走向案发现场的脚印都很深且大致来自同一个方向，而浅的脚印则朝外通往许多方向，特别杂乱。

为什么会这样？

他们朝着深脚印的方向找去，在离案发现场不远的地方发现了更多的深脚印，只是时断时续，沿着脚印再往前，一直跟随到一个葵花花圃的竹篱笆前。

竹篱笆旁有一个方形深腹花盆，花盆下压着鲜嫩青草，可见这花盆不久前才被人扔在这里，所以底下的草长得还不错，和周边没什么区别。不远处，还有一朵鸡冠花和一堆泥土，像是从花盆里撒出来的。胡风子拿起花盆，看见了花盆破损的一角，那里还沾有血迹，再回想胡达后脑的伤口凹陷，这花盆应该就是凶器！

"难道这里才是真正的凶案现场？可这里的深脚印都是往外走的，凶手杀了人为什么要把尸体运到另一个花圃呢？况且有人看到他们在另一个花圃里争吵，说明那时候还没有发生凶案。如果这里不是凶案现场，那凶手作案后为什么又要把花盆拿到这里？

"这花盆是谁的呢？这种栽鸡冠花的方形花盆是随处可见的。尤其在东西马塍，几乎每个花户都有许多这样的花盆和鸡冠花。怎么判断呢？"

"咦？这不是曼陀罗花粉？"青盐发现许多深脚印上都沾有一点这种不起眼的白色粉末。曼陀罗的花、叶、种子都有毒，花粉可以入药，医人们常常使用曼陀罗花粉来做麻醉剂。

一个不知从哪里冒出来的疯孩子，突然冲过来抱住青盐就开始哭，他满脸惊惧，嘴上不断说着"怕、怕、怕"。青盐也被这个脏兮兮的孩子吓了一跳。他怕脏，使劲想甩开孩子，可就是甩不开。

一个男人和一个女人紧跟着跑过来抱住了孩子。孩子喊了一声"妈"，就扑在女人怀里。男人在一旁连连说："孩子的疯病又犯了，对不住、对不住……"

"疯病？什么症状？"胡风子打开药箱就要给孩子看病。他就是这样，只要事关制药行医，就能忘了一切。

女人抚摸着自己的孩子，说："有一回从树上跌下来，这孩子就变得一会儿清醒一会儿糊涂的，平时都在家里养着，倒没出过什

(传) 北宋·赵昌《竹虫图》(东京国立博物馆藏，局部，画中可见红色鸡冠花)

么乱子。今日，这孩子趁我们不注意就往外跑。也不知遇上了什么，我们在花田里找到他的时候，他的疯病已经犯了，总是哭着说害怕，还说什么分身术。"

"分身术！"疯孩子忽然激动起来，念叨着，"自己背着自己，自己和自己吵架，害怕，我真害怕。一个人变成了两个人，一模一样……"说着，他瞬间挣脱了母亲，张牙舞爪，好像在推开什么看不见的东西。

青盐一下被他推倒在地，先前在案发现场画的死者画像掉了出来。疯孩子看见那画像，惊叫着："就是他，就是他！自己背着自己，自己和自己吵架！"眼看这孩子要发狂了，胡风子也激动起来，眼疾手快地在他头上扎了一针，孩子顿时平静下来。

"好孩子，"胡风子边施针，边轻声问，"你今天见过画像上的人是不是？什么时候？"疯孩子清醒了许多，点点头，重复着："自己背着自己……"别的话也没有了。

胡风子着急起来，手一抖，生平头一回扎错了穴位，所幸没有造成严重后果。他冷静下来，帮着送孩子回家，又开了几副药，失魂落魄地离开了。

挪了没几步，胡风子回想起男人背着孩

宋·钱乙著 阎孝忠集《钱氏小儿药证直诀》（内页）

子回家的画面，顿时醒悟："为什么同样的脚印，有的深，有的浅？假如是一个人背着另一个人，脚印就会很深。至于自己背着自己……"他不敢再往下想，只觉天旋地转。

"一听就是疯话，哪能自己背着自己？"青盐觉得不可信。

"假如是双生子呢？一人背着另一人，两个人的脸一模一样，在那个疯孩子看来不就是自己背着自己吗？不，不可能……"胡风子终于站不住了，瘫倒在地，满脑子都是自己的大儿子胡通——他以为早就死了的。

十二年前，十五岁的胡通离家失踪。后来官府在清湖河里捞出了一具尸体，死者穿着胡通离家时穿的长衫，样貌看不清了。官府就认定这人是溺死的胡通，结了案，草草将尸体火化了。从那时起，医人胡风子开始钻研验尸技术。

"怎么可能？不可能！"胡风子起身拉着青盐去找疯孩子问个究竟。

疯孩子似乎好转了不少，说话虽然不连贯，但意思差不多讲明白了：大约巳时，他看见一个人背着另一个人，两人长得一模一样，只是被背着的那个人像块死猪皮似的耷拉着，闭着眼。而背人的那个时不时还激动地骂几句。疯孩子的脑子原本就有些糊涂，忽然看见两张一样的脸，当时就吓坏了。

"胡通还活着吗？真是他吗？"胡风子想着，不敢相信，"可是……他为什么会和胡达在一起，难道是？不会的！"他的眼睛红得可怕，发疯一样跑回发现尸体的花圃。

"有人！"青盐瞥见花圃的一棵树后面晃过一个人影。胡风子抢过去拦住，那人还戴着一个傩面具。胡风子顿时想起花农说的那个和胡达争吵的面具男，既惊恐又期待，一把将面具扯了下来。他仿佛看见了世界上最可怕的一幕，痛苦得哼出了声——面具背后竟是一张和胡达一模一样的脸。

如果不是眼前的这个人看着比较清瘦，胡风子就要以为这是胡达了。

"你……"他颤抖着，愣了一会儿，撕下自己脸上的伪装，才终于叫出了那个名字，"通儿。"

这是酉时，天渐渐黑了。

"终于想起你还有另外一个儿子了？晚了！晚了！"胡通激动地喊着，好像要靠短短几句话发泄积累了许多年的怨恨。

"你还活着，真好、真好！这么多年，你为什么不回家？"

"回什么家？我没家！当年我跑出去玩，故意不回家，还跟一个和我差不多身形的乞丐换了衣服，悄悄躲起来，就是想看看你会不会来找我。整整三天！你都没找。你一向偏心弟弟，可我不知道在你眼里我这样无足轻重。妈妈跟你和离，又再嫁，早就不管我了。这个家，只有阿翁疼我，可是他走得太早了。他走了，我哪里还有家？你的心里只有弟弟和治病救人那档子事儿！后来，和我换衣服的小乞丐淹死了，我看你也认定那就是我，索性不回去了。反正，那也不是我的家！"

（传）南宋·李唐《灸艾图》（台北故宫博物院藏，局部，图中行脚医生正在用灸艾法医治病人）

"不，不是的……"胡风子一只手捂住胸口，钻心的疼痛让他明白眼前的一切都是真的。他想要辩解，那时候他正在救治几个垂死的病人，硬是苦熬了三天才脱身，并非不在意离家出走的胡通。可这些话，他怎么也说不出口。因为哪怕让他再选一次，他也还是会选择先救病人。他心里有愧。

"有时候我也想，你们会不会记起我？我几次偷偷溜回家，发现你们过得快乐极了，尤其是胡达！你一直就偏爱胡达，我走了以后你对他更是百般骄纵！我发誓要成为一个厉害的医人，一定要超过你，把你比下去！比下去！这么多年，我就是靠着走江湖卖药给人治病活下来的……"

胡风子内心感到一阵酸楚，这么多年来，他无时无刻不想胡通，痛惜这个"早早离开"自己的儿子。因为胡达从小身体瘦弱，他对小儿子倾注了更多的心血，没想到大儿子会为了这个原因离家；在误以为胡通死后，他又把所有的父爱都给了胡达。胡通说的都对，他醉心医学，一心制药救人却忽视了家人。妻子走了，大儿子失而复得，小儿子却死于非命，还是他亲手验的尸。

他无力为自己辩解，低头看到胡通草鞋上的药粉，艰难地问出了一个问题："是不是，是不是你……你害死了弟弟？"

"我……"胡通的不满和愤怒都消散了，脸上露出歉疚和自责的表情，好一会儿才问，"假如我和弟弟只能活一个，你选谁？是我害死了弟弟，你会不会把我交给官府？"

听到这个令人窒息的回答，胡风子痛苦地瘫倒在地，捶着胸口，抑制不住地号啕起来。他没想到真相会是这样。

十多年后再相见，竟是这样的场景。他忽然直愣愣盯着胡通，又绝望地闭上眼，说："你怎么能……那可是你弟弟啊……都是我的错……那就让我替你去死，给你弟弟赔罪！"

"不，他不是凶手。"青盐在一旁看了半天，捕捉到了胡通脸上的歉疚和

北宋·张择端《清明上河图》（北京故宫博物院藏，局部，图中的药铺"赵太丞家"，门口的一条广告是"治酒所伤真方集香丸"，另一条是"大理中丸医肠胃……"）

自责。他觉得此刻的胡通像极了故意择破碗逼着问父亲是否爱自己的小孩。他在药铺里见多了病人，最懂得察言观色。

"哼，一个外人都比你更相信我。"胡通这么说着，心里却因为父亲要代替自己去死而触动了一下，终于敞开说道：

"胡达那蠢货最近闹得太疯，我想借着鬼节好好吓唬他，让他收敛点，所以一早跟着他到了西马塍。中途，我看见这里有好些鸡冠花，想买点祭拜阿翁，就离开了一会儿。只是离开了一会儿，等我再找到胡达的时候，隐约看见一个男人的背影在他身旁一闪而过。没多久，我那蠢货弟弟就倒地了。

"我一看不好，就上前想背他回'三不欺'药铺，虽然我自己就是个走江湖的医人，但今天什么都没带。这蠢货看着挺精神的，我说要救他，他说'好'。结果我刚背起他，他就把我的面具掀掉了，然后他看见了我的脸，也吓坏了。

"一路上，我们就像小时候那样吵了起来，他变着法子骂我。我也骂他。骂着骂着，他忽然安静了下来。我赶紧把他放下来，这才发现他后脑上有个伤口正往外冒血。后来，我把他留在花圃里，想到附近借点药，可一回来就看见他身边围了几个人，他们都在说——他死了。"胡通说着，脸上又露出了歉疚和自责的神情，"都怪我，没有及早发现伤口，还扯着嗓子和他吵架。"

大家都沉默了，只有胡风子像野兽一样号了起来。青盐问了一句："你说曾经看到过一个男人，他长什么样？"

"没看清脸，那人穿的衣服也很普通，没什么特别的。就是帻头上簪的一朵罗帛花怪别致的，好像只有三个花瓣。"

"三瓣罗帛花！"胡风子和青盐叫出了声——他们白天见过这个人。

胡通神色复杂地看了一眼他父亲，有怨恨，有眷恋，有不甘，但他还是戴上面具，头也不回地走了。胡风子想拦住他，青盐劝道："现在他是不会跟你回家的。我们去找那个花农要紧。"

在西马塍一处挨着花圃的院子里，胡风子和青盐找到了簪戴三瓣罗帛花的花农白二郎，他像是等了他们许久，平静地说："来啦。"

这家的院子种满了鲜花，连矮墙上都摆了鸡冠花盆。在繁花当中有一个小土堆，土堆的墓碑上写着墓主的名字"白十一娘"。

南宋·佚名《蝶粉花丛图》（台北故宫博物院藏，图中可见月季）

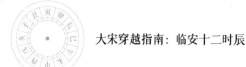

白二郎就坐在这土堆前，慢慢地烧一摞冥衣纸钱。他像是松了一口气，开始坦白："是我拿花盆砸了胡达，他身上还有好几处伤，也都是我打的。"

胡风子的呼吸变得紧促，好像再喘一口气就要入土了。青盐冷静地问："你为什么要杀他？"

白二郎哽咽了一下，说："庸医！不懂装懂，前天他治死了我妹妹！十一娘被他医死以后，我想去'三不欺'药铺报仇。可是胡神医，您救过我娘的命啊，熬了三天才把我娘从鬼门关里拉回来。临安城里谁不知道您医德高尚，是个大好人，我怎么能到您那里闹事呢？我妹妹的仇不能不报，所以我就把胡达约了出来，想在西马塍私了此事。

"胡达一来就恶毒地说我妹妹是死有余辜，和他没关系。我气坏了，想到他是您唯一剩下的孩子我下不了死手，最后狠狠打了他一顿。我本来想走了，他朝我扔了一个花盆，我躲过去又顺手把花盆扔回去，偏偏砸中了他的脑袋。我吓坏了，立刻就跑了……后来不放心又折回来，看见他和一个戴面具的男人在说话，想他没什么事，我也就不管了。

"没想到，胡达就这样死了。我也是后来才知道的。你们易容了吧？当时你们来问话，我因为害怕就编了谎话，想引着你们去调查别人。

"我惊恐了大半天，想明白了，命债得用命偿……我在这等你们来找我，我去自首。"

胡风子深深叹了一口气，在青盐的搀扶下，拖着沉重的步伐往家里走去。

他谁也不想追究了，只恨自己。医者的家人医死了人，又死于死者家人之手，这一场阴差阳错，谁又说得清？

点 茶 婆 婆
被优化的老年打工人

四更天，伴着寺院钟声，临安御街上的商铺陆续开门了。御街中段汇聚着许多茶坊，住在蒋检阅茶肆的俞三娘也做起了生意。她常年在头上戴三朵大红花，眼下站在门口敲打响盏，高声吟唱卖茶曲儿，像表演滑稽戏的杂剧艺人般做出种种引人发笑的动作，来招揽客人。

人们都叫她"点茶婆婆"。

四十年前，她就是临安城里备受追捧的点茶高手了，多少富家子弟一掷千金只为了请她到家里点个茶。如今，她已经六十岁了，虽然干起活儿来依旧精力充沛，总是不停不歇的。但毕竟上了年纪，她也躲不开老年人眼花手抖的命运，不能像从前那样从容地点一盏茶了。

传说终干成了传说。

这天是淳熙年间（1174—1189）的一个中秋节。点茶婆婆在门口吟唱得

南宋·佚名《饮茶图》（弗利尔美术馆藏）

格外起劲，看见茶坊主人来了，迫不及待地迎上去："蒋员外，今天酉时我得告假出去一趟。"

"我得去钱塘江边见一个朋友。"她怕蒋员外不答应，解释道，"四十年前的今天，我们就约好要在七郎桥碰面了，当时我就在桥边的一家小茶坊送走了她，她是我从小到大最好的朋友。"

"四十年前的约定，对方恐怕记不得了吧？俞婆婆，我……"

点茶婆婆听出了蒋员外话里的犹豫，赶忙打断他，飞快地说："我知道今天是中秋节，茶肆里忙得很。但是，四十年前的中秋之夜，我和这位朋友还在七郎桥的小茶坊里干活。她忽然跟我说，今夜她就要坐夜航船走了。我一听就哭了。我们从小一起长大，比亲姐妹还要亲，还说好了要一起挣大钱，在临安买一处大宅子。我问她为什么忽然要走？

"她说：'咱们一起出来干活儿。你现在有名儿了，能挣到钱。可是我呢？学不会点茶，不知道能做什么，难道要在这小茶坊擦一辈子的桌子？你还记得来这吃过茶的张大娘吗？她买了一条船，马上要出海去做生意了。她欣赏我能说会道，说我是块做生意的料，要找我一起去发财。我觉得这是个好机会，也许干几年，我也能像她一样有艘自己的船。'

"她问我要不要一起去。我说我不去。我觉得临安是世界上最好的地方，我生在临安，长在临安，也想死在临安。她听了这话就不再劝我，只是和我约定四十年后，还在这里见。那时，不管我有没有大宅子、她有没有大航船，我们都要再见面。

"每隔几年，我都会收到她的来信，知道她去过泉州，去过大食国……虽然最近几年断了联系，但我知道她一定会来赴约的。所以，我到时一定要去老地方。"

"俞婆婆，你要去尽管去。我想，"蒋员外犹豫了一下，还是说道，"几天前，我物色了好些年轻的茶博士，最大的也不过二十五岁，年轻人干活更利索一些。今天他们就会过来，你带着熟悉熟悉。"

说话间，这些茶博士已经站在了门口。点茶婆婆感到奇怪，茶肆里来了年轻的茶博士，这不是好事吗？怎么蒋员外欲言又止的。很快，她和新来的年轻人聊了一会儿就什么都明白了——蒋员外考虑着把茶肆里年老的茶博士，包括她在内，都淘汰了，换一批手脚麻利的新人。还想留下来的老人们，就只能去厨房打杂了。

"不行，我只想点茶，让我去厨房打杂，不如让我去投江。"俞三娘自言自语着，愈加恐慌起来。她是一个将点茶视为终身事业的"女强人"。现在忽然要她"退休"，那真是比死还难受。而且，今天她还要去见老朋友，难道四十年没见，一见面要说自己即将被撵走，无事可干、无处可去？

（传）宋·赵佶《文会图》（台北故宫博物院藏，局部，图中可见童子在点茶）

"临安这么大，就没有一个茶坊容得下我这个老太婆吗？蒋检阅茶肆不能待了，那去别的地方行不行？"点茶婆婆想了一下，叹着气承认她无处可去。

她年轻时心高气傲，有了名气就瞧不上小茶坊，频繁在各家茶坊间"跳槽"，得罪了不少人。五年前，她到各大茶坊碰运气，都被拒之门外，只有蒋检阅茶肆愿意招她。她也想过自己出来单干，但是年纪大了，四处吃喝也没什么人来请她点茶。

"假如能让蒋员外知道，我在茶肆里的点茶地位是无人可取代的，那我是不是就能留下了？怎么做才好呢？"俞三娘琢磨着，看见茶肆门口有几个说书的瓦子艺人路过，她忽然有了主意——一般茶博士都只懂得点茶，要是有人能在点茶的同时讲说精彩的故事，那不就与众不同了吗？

说干就干，点茶婆婆拿了一幅绯红帖子张挂在门口，帖子上写着："今日午时说海外奇闻。"这是在预告茶肆里的说书节目。从前，俞三娘的那位老朋友就爱听故事，这几年的书信中也给她讲过不少海外传说。她觉得拿这些来讲讲，准能吸引人。

午时，还真有不少客人冲着"海外奇闻"

来了。

临安的茶坊，往往在墙上张挂名人绘画、在桌案摆放四时鲜花，还要支起花架子，在上面安置奇松异桧等物件。俞三娘就在一瓶鲜花前开始点茶了。

她从茶焙笼里取出一块烘烤过的茶饼，先用茶槌捣碎，再依次放入茶碾和茶磨中磨成茶粉，接着用茶帚扫茶磨中的残茶粉，用茶罗筛出粗细均匀的茶粉备用。她手上忙着，嘴上也不闲着，像瓦子艺人那样说开了："话说，在遥远的海外有个大食国，那里的人们特别喜欢做生意。"

刚开了个头，她停下来，将洁净的山泉水倒入汤瓶中烧煮。水开始沸腾，水面气泡如鱼眼散布，微微发响，叫"一沸"；接着，水沸腾到四面气泡如泉涌，这是"二沸"；最后，水沸腾有如波涛奔涌，就到了"三沸"。

南宋·佚名《宋代文人自画像》（台北故宫博物院藏，前景可见铜盘插花）

水烧着，她接着说："有一种奇异的古树，就生长在大食国西南两千里外的一个小国里。它叫'人木'，而我更喜欢称之为'人面花'，为什么呢？"

听着汤瓶里的水将要沸腾了，她又停下来，舀了适量茶粉倒在绀黑的茶盏里，加了一点开水调成茶膏，又把刚过"二沸"的开水取出来。点茶讲究火候，水温不够，茶粉会浮在水面。水烧得过热，茶粉便会沉底，刚过"二沸"的水正合适。

只见她一手提着汤瓶往茶盏里注水，一手拿着茶筅击拂茶汤，同时讲着故事："这种古树生长在深山幽谷中，树枝上长出来的花朵就像人的脑袋，只是它不会说话。假如有人问它话，它只是笑笑而已，笑得多了就掉落在地……"说完，她也点出了一盏泛着鲜白茶沫的茶汤。

南宋·佚名《春宴图》（北京故宫博物院藏，局部，可见点茶场景）

终究是一心不能二用，点茶婆婆也是头一回边讲故事边点茶，要留意着茶水，讲得断断续续，乱了故事的节奏，也把茶沫搅坏了。客人们也是不得劲儿，吃了茶都散了。

蒋员外把这些都看在眼里，他原想着兴许俞三娘能搞出什么新花样来，最后还是失望了。他对俞三娘说："俞婆婆，你要是愿意说书就多练练，以后光说书也不是不可以。"

"说书？要想干这个，我早去瓦子勾栏了。"点茶婆婆想着，心里苦闷极了，却还是笑了笑。

这一会儿，茶坊热闹极了。

文人雅士们在这里期朋约友，富家子弟聚在一起学习乐器，许多雇工、卖艺人和行老们见面谈生意，三教九流都汇聚在这里。年轻的茶博士就穿梭在客人之间，争抢着干活儿。点茶婆婆刚想帮个忙，蒋员外就来了，让她多歇着，给年轻人多一点历练的机会。她心里明白，这是有意让她闲着，在变相赶人了。这就是"职场老年人"的辛酸下场。

未时，一个富家的老管家来了，说要找一个点茶高手到雅集上表演茶百戏。年轻的茶博士们都争着要去，蒋员外挑了其中一个小伙子。但是，老管家一看，说："不行，太年轻。须得找个老资历的，我们老夫人就喜欢找可靠的老人家来点茶，说得上话，她就爱聊两句。最好能找个有些文化的。"

这下，俞三娘成了最好的人选，她有一门在茶汤上写诗的手艺。"好啊，可得在雅集上好好表现，这不就是能证明我老太婆无可取代的时候吗？"

凤凰山、吴山一带风景优美，雅集就在凤凰山脚下的一处私家园林里。

这是一个盛大的雅集，还有女子在角落里弹着琵琶。园子里摆着一张时兴的黑漆细腿长桌，一侧安着坐榻，坐榻后立着一架西湖山水屏风。长桌左右两侧各放着椅子，一张是竹制的扶手椅，椅前摆着脚踏，另一张是靠背上

宋·佚名《十八学士图之书》（台北故宫博物院藏，可见宋代的扶手椅、靠背椅、长桌、屏风等家具）

装着"荷叶托"的交椅，也叫太师椅，都是宋朝经典的椅子样式。边上还有个鼓形坐墩，上面铺着柔软的坐褥。这会儿，一个上了年纪的老妇人正坐在太师椅里打着盹儿。

长桌附近有一张书案，五六个文人正在观看一人作画。旁边另有一张花脚方桌，摆满了珍奇古玩，方桌旁立着一个红漆花几和一个黑漆香几，分别陈设着一瓶鲜花和一只香炉。再看，花儿近旁的松树上挂着一幅《溪山行旅图》。

看见点茶婆婆来了，众人扶着那个雍容华贵的老妇人，围到了茶桌边，等着看茶百戏。茶百戏，也叫"分茶""幻茶""汤戏"，大概是用沸水在茶盏中将茶沫冲出禽兽、虫鱼、花鸟等生动图案。

（传）北宋·李公麟《西园雅集图》（台北故宫博物院藏，局部，图中可见文人雅集场景，旁边有古玩）

俞三娘的茶百戏是一绝。她在细腿长桌上摆开了四个茶盏，在每个茶盏的汤面上都冲出了一句五言诗，四个茶盏连起来就是一首绝句——这曾是宋代一个和尚的绝技。

老妇人拉着俞三娘，高高兴兴说了好些话。在场的文人们吟诵着茶汤上的绝句，为了讨老妇人欢心，都说要找一位擅长点茶的歌女来与点茶婆婆斗茶。

忽然间，众人耳畔的乐声都停了。俞三娘望向乐声终止处坐着的歌女，愣了愣，又很快恢复了平静。

这位名叫顾袅袅的歌女大约二十岁，头上绾着一个朝天髻。因为她裹了小脚，所以走得极慢。她缓缓走向长桌，行了个礼便开始准备斗茶。

宋·张训礼《围炉博古图》（台北故宫博物院藏，画中可见文人把玩书画古器的场景）

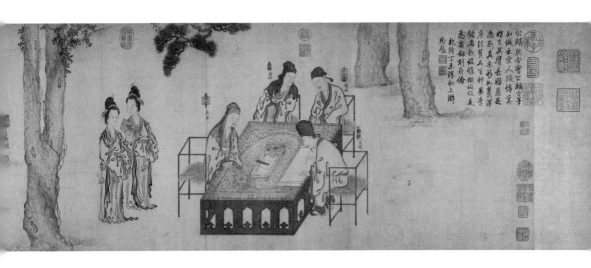

（传）南宋·刘松年《撵茶图》（台北故宫博物院藏，展现了雅集上点茶的过程）

　　斗茶是一种比拼点茶技艺高低的茶事活动，最初流行于建州（今福建建瓯市），后来风靡全国各地，成为盛世的清雅潮流。

　　"想怎么斗茶？"歌女问。

　　"自然是验水痕，看茶色，斗味斗香。"俞三娘答。

　　所谓"验水痕"，是比试谁的茶盏上先出现水痕。茶艺高超者，注汤击拂时能让茶粉和水充分交融，那么点出来的茶沫就会是乳白色的，并且"乳雾汹涌，溢盏而起，周回凝而不动"，这叫"咬盏"。茶沫退去后，茶盏壁上也不会留下水痕。宋人斗茶，也看冲点出来的茶汤颜色，最上品的是纯白，青白次之，灰白次之，黄白又次之。此外，还要比拼茶汤的味道和香气。

　　她们各拿了一个建窑兔毫盏，在火上温热过后便开始点茶。如何点一盏纯白且咬盏的茶汤？俞三娘可太熟了，数十年的光阴都耗在这茶盏里。只是这一会儿不知为何，她忽然觉得有些头晕目眩，击拂茶汤的手也抖了起来，紧接着一个趔趄，她竟把茶汤都拂了出来。

众人都愣住了。

"我真是老了吗？"她感到一阵悲哀。

席上的老妇人笑着说："不碍事，年纪大了是会这样的。老人家是该多休息休息啦！"她本意是想安抚点茶婆婆，但俞三娘听了心里却很不是滋味，想着："谁说我老了？我可没老，还能点茶。哪怕临了，也要捧着茶盏咽气。"

斗茶结束，文人们搀着老妇人去赏画了。歌女走近点茶婆婆，喊了一声："娘……"点茶婆婆却头也不回地问："你认错吗？"

"我没错！"歌女犹豫着，似乎还想说些什么，但这时蒋员外过来将点茶婆婆拉到了一边，歌女也只好回到角落里继续弹琵琶。

南宋·刘松年《茗园赌市图》（台北故宫博物院藏，局部，图中可见宋代街头民间斗茶场景）

听说有赏钱，蒋员外特地陪着点茶婆婆来了雅集。这一会儿，他如释重负，强忍着笑意对点茶婆婆说："俞婆婆，你也看到了，年纪大了是真的没办法，点茶嘛还是让年轻人来吧。你要想留下，去说书或者到厨房打打杂，都可以。"

"我，我只会点茶。"俞三娘小声说。

"人哪，要服老。年轻人可以彻夜点茶，老人家能行吗？年轻人一会儿的工夫可以服侍好几桌客人，老人家能行吗？我看俞婆婆你每天到了戌时就开始打瞌睡了……"蒋员外顿了顿，又小声说，"毕竟我也不是开养济院的……"

俞三娘明白，这是该走了。

尚未到酉时，俞三娘已经到了候潮门外的七郎桥边，等着赴一场四十年之约。这一夜的钱塘江上，几十万盏"一点红"羊皮小水灯浮满江面，灿烂如繁星。天上明月，江上繁星，衬得俞三娘分外孤单。

当年的小茶肆早就不见了，取而代之的是一棵疯长的石榴树，还结着几个红石榴。她站在树下，感到莫名的悲凉，这是自己最狼狈的时候，但就是这个时候要见老朋友，脸往哪儿搁呢？

也不知等了多久，一个大约六十岁的老妇人，拖着一个三四岁的孩子朝她走过来了。她一眼就看见老妇人和小男孩身上穿的衣服是何等华丽。

"是你吗，余甘子？"老妇人试探着问道。

"缠松子，真是你？"俞三娘听她叫出了自己这么多年来从未被人喊过的"诨名"，立刻确认眼前之人就是老朋友周大娘。"余甘子"和"缠松子"是两种果子的名儿，也是她们小时候给自己起的小名。

"我大老远看见树下的三朵大红花，就猜戴花的人是你。这么多年了，你这喜好还是没变啊。看，这是我孙子蜜饯。"周大娘擦了擦眼泪，把小孩往前一推，说，"来，快叫俞婆婆。"她又笑着对俞三娘说开了：

"四十年不见，你过得怎么样？我啊，经历的事儿都能写成一个话本了！当年，我在附近的渡口上了张大娘的夜航船，就找她借钱置办了一些出海贩卖的瓷器，在她的船上租了一个小小的位置，当时无力买船的出海生意人都是这么干的。头十年，我来回在海上跑了好几趟，有时候从明州出发，有时候从泉州启航，载着瓷器去，带着珠宝回，一来一回就发了大财。钱多得没地方放了，我就自己买了一条大船，当了船老大，手下人都叫我'舶主'。那时，我才三十岁，意气风发，满脑子就想多挣钱，好买几条航海舶，再组一个远洋船队，那可就风光了！

"没想到有一年，我在海上遇到大风浪，船沉了。真是九死一生才捡回一条命，救我的人后来成了我的夫君。他呀，也是做远洋贸易的，家里有五条大船呢，可巧在海上救了落难的我。我们结婚以后，生了一男一女，也是儿女双全了。等孩子大了些，我就重操旧业，和他一起做海外贸易。我可给

北宋·郭忠恕《雪霁江行图》
（台北故宫博物院藏，画中可
见宋代船只的构造）

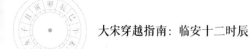

家里也挣了几条大船！

"再后来，儿女也都长大，成家立业，家里又添了小孙子。照理说，年纪大了也该闲下来了，可我就是忘不了海上的生意。所以这几年啊我总在明州管着自家的船，也给番商们做做语言翻译。生活富足，没甚烦恼但也觉得无聊，还是在海上的时候好玩儿啊！你呢？一定也过得很好吧？"

"可不是，好极了！"俞三娘听老朋友讲述人生奇遇，真是越听越羡慕，再一看自己，落魄成什么样了？高傲的她当了一辈子的职场女强人，见人打听自己的人生，鬼使神差地就撒谎了。

"快说说！"

"你也知道，我二十岁那年就靠着点茶出了名，还被叫进皇宫里表演茶百戏。那几年，不知有多少达官贵人排着队找我点茶。我呢，挑挑拣拣，得是合心意的才去，老风光了。很快，我就攒了一大笔钱，在临安茶汤巷买了一处大宅子。我最喜欢的事儿就是点茶，一做就是几十年，可一点儿也不觉得枯燥。到四十岁，我才觉得自己老大不小了，赶紧托媒人放出风声。上门提亲的人那叫一个多，我挑挑拣拣，选了开酒楼的顾员外。我生了一个女儿，真是称我的心意，我就想要一个女孩儿。这孩子像我，也爱茶艺，比我厉害多了。她今年二十岁，也是临安有名儿的点茶高手。给她找婆家？我不急。现在我自己开了一家茶坊，闲了就点茶，玩儿呢……"

她嘴上这么说着，心里却觉得格外苦涩。

都是谎话，不过是在老友面前强撑面子罢了。年轻时她确实靠着茶艺成名，挣了大把的钱，可这钱来得太容易了，让她觉得挣钱一直会这么容易，于是她挣多少、花多少，还欠了不少钱，根本没攒下钱买房子。因为忙着点茶和花钱，她年近四十急急忙忙嫁给一个在酒楼边摆摊卖果子的小商贩。之所以嫁人，还是为了满足父亲病逝前的心愿。结婚没几年，因为她只生了一个女儿，惹得一心想要儿子的丈夫不满，夫妻不和，也就和离了。她带着女儿住进了茶汤巷的小破屋，那是她父亲病故后留下的。她逼着喜欢器乐歌舞的女儿学茶艺，女儿在十五岁那年忍无可忍，与她大吵了一架。她生气地离开茶汤巷的家，去了蒋检阅茶肆干活……

这才是她那一地鸡毛的人生。

八月十五的月色，要比往常清亮得多，百姓也称中秋为"月夕"。正值金风送爽、丹桂飘香之际，临安的王孙公子和富家巨室，都登上高楼，赏玩明月，或者在水榭中大摆筵席，奏乐高歌。普通百姓，也要登上小小的月台，和子女欢聚一堂。即使是居住在陋巷的穷苦之人，也不肯虚度中秋，要解下衣服换酒来庆贺。

和老朋友分别后，俞三娘就回城了，她只想走快一些，好让自己淹没在御街热闹的人潮里，这样会感觉自己也没有那么孤单。

南宋·马远《月下把杯图》（天津博物馆藏，局部）

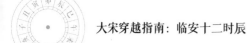

　　刚走到候潮门，女儿顾袅袅就冲过来抱住了她，哭着说："娘没事就太好了！吓坏我了，我去了蒋检阅茶肆，听一个茶博士说娘自言自语讲过'不如让我投江'这样的话，我以为娘想到江边寻死……呜呜……以前是我错了……"

　　俞三娘想明白了，说："你没错，错的是我。我不该逼着你学点茶。你愿意唱歌就唱歌，愿意弹琵琶就弹琵琶，我不该逼你。"

　　五年前争吵决裂的母女，这一刻终于和好。她们解开了心结，又像从前那样去逛了御街。

　　每到中秋，临安御街上的买卖都会热闹到五鼓时分，到处是玩月的游人。母女俩在一家酒肆里分食了蘸醋的大闸蟹，又在路边小摊买了一捧鸡头米，装在荷叶里，边走边吃。

　　忽然间，俞三娘看见了周大娘，忍不住惊叫出声。

　　周大娘正在御街的一家彩帛铺门前哀求着，请店家把钱退给自己，她的小孙子坐在地上已经哭成了泪人。他们先前穿的华服早已换了下来，身上只有旧麻布袄子。

　　上前一问，俞三娘才知道原来周大娘为了这四十年之约，特地向彩帛铺租借了好衣裳。只是还的时候不慎弄脏了衣裳，店家就不肯把押金退给他们。

　　周大娘哭着对老朋友说："都是编的。我跟着张大娘做生意不假，出海卖瓷器也是真的，但我根本没买过船，嫁的也只是一个普通的船员。辛苦十多年，总算靠着海上的生意攒了点钱，可有一次遇上海难，都赔光了，只能在明州给番商当贸易牙人来换饭吃。"

　　"我也编了谎……"俞三娘也如此这般说了实情。

　　原来大家都过得不容易，强撑面子，白白折磨了自己。

　　她们相视一笑，露出坦然的神情，两人好像又回到了四十年前。虽然没能成为年少时期待的人，但幸好，年少时最好的朋友还在身边。

弄 潮 儿
草根的"英雄梦"

淳熙十年（1183）八月十八，一个对大多数南宋人来说平平无奇、又有些值得期待的日子。

"浙江涛惊狮子吼……大潮来啦！"少年人留住喃喃说着梦话，因为他在半梦半醒间听见了一阵海潮声。不一会儿，山寺道观的钟声渐起，四更天了。留住没有立刻起身，而是屏住了呼吸，侧耳倾听屏风另一边的动静，那里睡着他年近五十的母亲。好一会儿，听见那一边传来均匀的呼噜声，他才蹑手蹑脚地从窄小的床上起来，像一只夜行的猫。

这间屋子位于善履坊（俗称丰乐桥巷）一处老宅院的角落，甚至不如大户人家的茅房来得大。但里面不可思议地摆进了两张床，中间隔了一扇朽坏的大屏风，空隙里塞满了各种破烂的家居用品——瘸腿的椅子、破了洞的木箱、一盆枯死的山茶花、几根老扁担和两只旧竹篮、堆在小锅里的一摞破碗……贫穷藏不住了，溢了一地。这原是人家存杂物的屋子，没有窗户，只有被风掀走茅草的屋顶破口处泄漏下来些许天光。

但这就是留住和母亲在临安的家。临安居，大不易。留住特别喜欢这个便宜租来的家，虽然窄小得可怜，但每次透过破屋顶就能看见天上的月亮——他是个弄潮儿，特别喜欢北宋科学家燕肃。他通过读燕肃的《海潮论》，知道了潮汐的变化和月亮有关。那月亮在他看来，可比兜里的铜钱好看多了。他是个兜里有一枚铜板就能高兴很久的少年，虽然穷得叮当响，但还是觉得金山银山都不如天上的月亮。

四更的天光下，留住猫着腰，鬼鬼祟祟地往外走，马上到门口了。他一个不小心踩到了一只破碗，哐当一声，母亲的呼噜声停了，紧接着火寸的光照亮了屋子一角。

"跪下！"留住被母亲喊的这一句吓了一跳。他从未见过一向温和的母亲如此生气，立刻转身跪下，叫了一声"娘"，又语气坚定地说："我今天一定要去。"

"你想让我白发人送黑发人？"母亲质问着，随即红了眼眶，"打小你就最听话，怎么，娘的话现在不管用了？大潮一来，不

（传）北宋·燕肃《寒岩积雪图》
（台北故宫博物院藏，局部）

是闹着玩儿的。你夏天摔的伤还没好透……听娘的,踏踏实实卖蜜煎好吗?"

"娘……我保证全须全尾地回来还不行吗?"

"你拿什么保证,以为潮神爷就保佑你一个人?每年都有滚在浪里丢了性命的,你怎么还要去呢!"老母亲说着,眼泪吧嗒下来了,起身堵在门口,"你要敢去,我就不认你这个儿子了!"

留住叹了一口气,道:"好好好,不去了。"他说着往床边走去,忽然转身,一个箭步越过母亲,冲出了家门。

他隐约听见母亲在后面追赶的喊声、摔倒的叫声,可他不敢停下来,更不敢回头,他知道只要一犹豫就走不成了。今天就算是豁出命,他也要去钱塘江里弄潮,还要拿到有最多赏钱的头奖。临安风俗,表现出众的弄潮儿可获得大量来自官方或民间的赏钱,哪怕是中途退出或是不幸遇难的,也有一定的奖赏。

那天,他无意中听见母亲问一个过路郎中:"我的病,能治吗?"这郎中江湖行医,人称"蔡神医",他说:"你是不是不久前染了风寒,没有及时医治?如今风寒已经入肺了,再不吃药,恐怕命不久矣。"

一听治病要三十贯钱,母亲便说不治了,也没有对儿子提起这事。

可当儿子的已经知道了。向来乐天甚至有些盲目乐天的留住,第一次恐慌了,第一次觉得天上的月亮不如手里的三十贯。但他还是告诉自己:"不要紧,药钱会有的,只要弄潮拿了头等犒赏……"

钱塘江,古称浙江。在南宋临安,西有湖光可爱,东有江潮堪观,都是天下绝景。每年八月,从十一日开始就有人到钱塘江边观潮;到了十六日、十八日,全城百姓几乎都出动了,路上车马纷纷;最繁盛的要数十八日;到了二十日，看潮人就渐渐少了。

钱塘江大潮来时，兴奋的除了看潮人，还有弄潮儿。那些在海潮中腾身百变、踏浪迎涛的水上运动员——弄潮儿，是不使用任何道具就能穿梭在波涛中的"冲浪高手"。因为弄潮太危险，常有人沉没身亡，所以官府也曾试图禁止这项活动，但屡禁不止。

弄潮儿留住出了善履坊，在大河（盐桥运河）上搭船赶去城南，同船的还有一对母子。路上，母亲告诉孩子："最近江里出了一种专门吃人的可怕水怪，你看潮的时候不许乱跑，小心水怪把你抓走！"

留住一听，心想：这都是母亲哄孩子的故事，哪有什么可怕水怪，真正可怕的是人，像赌徒李三那样的人。

李三也是个弄潮儿，欠了柜坊一屁股的债，为了还债，他一定要拿到今年的头奖。可头奖不是那么好拿的。按照风俗，弄潮儿们会提前一个月在街市上张贴通告，写上各自的姓名和概况。留住要在今日弄潮的消息早就传开

南宋·李嵩《钱塘观潮图》（北京故宫博物院藏，局部）

了，他拿了去年的头奖，因此备受关注。昨天，李三特地找到留住，狠狠警告了他，要他无论如何都要把头奖让给自己。

留住嘴上答应了李三，心里打定主意自己要把头奖拿到手。只是，夏天他在钱塘江边摔了一跤，伤还没大好，不免有些担忧：自己能不能拿到头奖？

每到弄潮时节，临安城内外都有许多商铺大量赶制供给水手弄潮的旗帜。白旗最多，也有红色和杂色的，大者五六幅，小者一两幅。通江桥一带是繁荣的商业中心，留住在通江桥下了船，到铺子里买了彩旗，这才出候潮门。"弄潮儿向涛头立，手把红旗旗不湿……"古往今来的弄潮诗词占满了他的心，他觉得自己从一个小人物变成了大英雄。

这时，候潮门外的钱塘江沿岸已经是人山人海。从庙子头到六和塔，整个江岸都布满了楼屋，富贵人家早就租赁了这些楼屋作为观潮看台。江干上下十多里，到处是珠翠罗绮。除了游客，还有数之不尽的商贩穿梭在车马间兜售着饮食百货。

"僧儿！哑八！"留住在人群中见到了弄潮的朋友们，他们都聚在一座楼屋前，楼屋主人正热情地派发金铤裹蒸、荷叶饼、糖豆粥、甘豆汤等吃食，

说是送给弄潮儿的。"留住，来一份！"哑八争着领免费吃食，也没忘了留住。可留住看着楼屋主人那颇有些眼熟的脸，摆摆手谢绝了："哎，我说这事古怪，你们别吃了……"

"古怪？哪有什么古怪，大家都说这位员外每年都给弄潮儿送吃的，大好人。"哑八说着，换了一个话题，"听说没有，钱塘江里有水怪呢！你们怕不怕？"

"骗小孩的，你也信？"留住笑了。

"据说，水怪有一艘船那么大，一口就能把人吞了！好多人都看见过。"僧儿补充道，"可别不信，咱们兄弟几个小心点！"

说着，弄潮儿们脱下上衣，准备下水活动了。他们身上的刺青露了出来，或是龙虎，或是鬼怪。留住的刺青最是惹眼，除了图画，还有许多弄潮诗词。

"快看！是官家和太上皇！"

一阵喧哗声将众人的视线都拉向了江边的渡口码头——浙江亭。一早，官家（宋孝宗）就去德寿宫接了太上皇（宋高宗）到浙江亭里观潮。为了迎接他们，浙江亭两旁早就造好了五十间装饰彩缬幕帘的席屋。贵族豪民也纷

南宋·赵伯骕《万松金阙图》(北京
故宫博物院藏,局部,展现凤凰山
和钱塘江景色)

纷效仿,从钱塘江北岸的龙山开始搭建彩幕,
沿江绵延二十多里。往来的车马极多,道
路被堵得水泄不通,游人连下脚的地方都
没有了。

　　这时,水军开始在江面上进行军事演习,
接受检阅。只见近千只军船布满了龙山和西
兴两岸,水军在江面上摆开阵形演练,乘骑、
弄旗、标枪、舞刀,就好像踩在平地上一样。
接着,江面上点放起了五色烟炮,等到烟收
炮息,所有的军船都消失了,一只也没留下……
演习结束后,皇帝下旨赏赐了官兵们。

　　钱塘江大潮远远地来了,该弄潮儿们上
场迎接潮神伍子胥、表演弄潮之戏了。留住
早已跃跃欲试,可他回头一看,僧儿和哑八
等好些弄潮儿忽然变得很奇怪——明明都是
水中好手,但好些人这时都打起了哈欠,昏

宋孝宗(南宋最有作为的君王之一,
尽管只是高宗的远房侄子,却始终
像对待亲生父亲一样侍奉高宗)

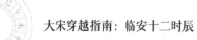

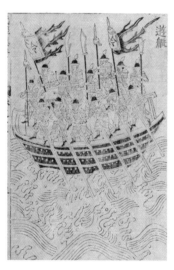

昏欲睡，好像一不留神就要枕着江水睡过去了。为了性命安全，他们只好上岸。

怎么了？留住顾不上多想，跟其他一百多个弄潮儿下了水，他们手里拿着十幅大彩旗，争相泅水踏浪，到海门迎潮。游了一会儿，留住看见前方有个大家伙在江水里翻滚了一下。他以为是自己眼花了，可一个弄潮儿惊恐地后退着大叫起来："水怪，有水怪！"许多人朝他手指的方向望去，果真看到了船只一般大小的古怪活物，可谁都看不清那究竟是什么东西。"水怪吃人啦！"恐惧的弄潮儿们不顾一切地后退，争相往岸边游去。

留住继续往前游，盯着那个水怪看了几眼，也吓出了一身汗。他不敢后退，也不愿意后退，大潮就在眼前了，为了给母亲治病，他要去搏一搏。

一些弄潮儿路过水怪时，忽然挣扎着就下沉了，然后就像传闻所说的那样，被水怪一口吞了。眼看留住就要将水怪甩在身后了，这时，水怪偏偏转了方向，朝他游过来了！

北宋·曾公亮、丁度奉敕撰《武经总要》中的大宋战船——楼船

北宋·曾公亮、丁度奉敕撰《武经总要》中的大宋战船——艨艟

北宋·曾公亮、丁度奉敕撰《武经总要》中的大宋战船——游艇

与此同时，原本仅如银线的大潮渐渐靠近了，像是玉城雪岭一般，吞天沃日而来。潮水声大如雷霆，震天撼地，真是"来疑沧海尽成空，万面鼓声中"！

大潮离留住很近、很近了，而水怪也在这一刻扑到了他身上。他想着：不能就这么死了！他拼命奋力一搏，蹬着腿使劲一踹，再伸手一抓，试图借力蹬走水怪，可他忽然发现双手竟然不太费劲就抓住了水怪！

这哪是什么水怪啊，分明是用牛膀胱缝制出来的不成形状的大气球，这个怪气球当中留了一个口，就是"吃人"的大嘴巴了。留住这一抓，竟把这怪球扯到了一边，底下露出了一个浑身落满水蛇刺青的人，这人就是赌徒李三。这李三虽说心术不正，却当真是个弄潮好手，扯着一个"大水怪"还能在江里闹这一出。

李三见自己不仅没有吓退留住，还被揭穿了，忙警告道："记住你昨天答应的事，要保我拿头奖。否则……"话音未落，大潮来了。留住懒得理他，不顾一切地冲上潮头，手拿彩旗在万仞鲸波中表演高超的绝技。

这时，李三扔了"大水怪"，举着彩旗紧随其后，他在巨浪中悄悄挨近留住。留住一不留神，被李三狠狠踢了一脚，身体顿时失控，差点被潮水冲

南宋·马兴祖《浪图》（东京国立博物馆藏）

（传）北宋·许道宁《高秋观潮图》（波士顿美术馆藏，描绘了钱塘江边八月大潮的场景）

到江底。好在他反应极快，立刻一蹬腿又跃上了潮头，手中彩旗的旗尾却一点儿也没被沾湿……

这一会儿，江面上有各色艺人在表演踏混木、水傀儡、水百戏、撮弄等杂技，还有人举行祭祀潮神的仪式。随着大潮的临近，岸边的看客多得挤成了堆：一个老货郎流着汗把一个叫"果儿"的小孩托到了背上；一个歌女保护着一个头戴三朵红花的妇人艰难穿过人缝；一个卖花女的花篮被挤下了江水，她的几个哥哥眼疾手快拉住了即将落水的妹妹……

留住的母亲也被人群挤得喘不过气，小心翼翼地把装着蜜煎的竹篮托在了头上，篮子里的蜜煎时不时就被人群晃下几个来。愣是这样，她还是一眼在潮头找到了自己的儿子，看见他像是水中的飞鱼一般，稳稳地立在浪头之上，做出种种惊人的杂技，无人能及。可她只担心儿子的安危，不住地向潮神祈祷，甚至要以自己仅剩的宝贵寿命来换儿子的平安。

巨浪中，留住强忍着旧伤复发的疼痛笑了，只要能这样立在潮头上，坚持到大潮过去，那么今天的头奖就又是他的了。他就有钱可以给母亲治病了。

他这样想着，在脑海里一遍遍地数着钱，只偶然一瞥，瞥见一段潮头打到岸上，掀翻了锦幕，冲倒了席棚，看客们惊慌失措地喊叫着后退。有人被海潮卷进了钱塘江，无助地在水中翻滚。这种事常有发生，潮水壮观，却也危险，一不留神看潮人就成了水滨亡魂。有时候遇上大风助潮，钱塘江潮可能汹涌成灾。

留住在巨浪中看见那个落水的可怜人扑腾着下沉，没有犹豫地飞快游了过去。眼下正是弄潮的最后时刻，只要再坚持一下，母亲治病的钱就有了。可是，再拖延一下，那落水人也就救不回来了。那可是一条人命啊，至于钱，以后再想办法吧。

尽管千百种思绪闪过，但在跃下潮头的那一刻，留住的心里就只有救人这一件事了。他像一条飞鱼般游了过去，翻波搅浪，将那位落水的女子托出水面，捞救到岸边。

岸上顿时欢腾起来，人们都松了一口气。有人被打湿了衣裳，险些掉下水，可他们到桥边挤干头巾，到城里烘好衣裳，回来问的第一句还是"大潮什么

南宋·马远《水图》（北京故宫博物院藏，局部）

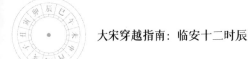

时候来"。即使每年都出事，大家还是痴迷于看潮。看潮的日子，不是容易让人感到悲伤的日子。

留住高兴不起来，他盯着逐渐拍到岸边的大潮叹气，看了看自己再也支撑不住的伤脚，终于哭出了声。他的头奖没了，要上哪儿才能凑到那么多治病的钱呢？现在这算中途退出，能拿到的犒赏太少了……

被救的女子是临安有名的厨娘，叫林遇仙。她对观潮没有兴趣，只是受邀到江边王员外家的锦幕里做菜。这锦幕临江，是观潮的好位置，但大潮来时却很危险。当时，她正在锦幕里的一张桌子前做鱼脍，王员外的妻子和女儿都挨着她看潮。一个潮头打了过来，眼看就要把王员外的妻女卷走了。林遇仙推了她们一把，母女俩得救了，可她自己却被卷下了水。

缓了好一会儿，林遇仙苏醒过来，踅摸着找到了还在岸边发呆的留住，对他说："恩人，多谢你救了我。"留住听见了这话，仍是呆呆地看着江面，摆手说道："小事、小事。"他连头都没回，又隐约听见林遇仙说什么"都是用旧了的东西""不值钱"之类的话，这才走了。

留住的母亲终于找到了儿子，几乎是踉跄着冲过来抱住了他，说："没事就好，听娘的话，再也别来了。"

"娘，你的病，我都知道了……儿子没用，没有拿到头奖的钱。"

"知道了？也好。我的病不重要，只要你平安就好。我没多少日子了，唯一的心愿就是你好好的，别再去弄潮了，老老实实做个小生意人。"当母亲的把装着蜜煎的竹篮递给了儿子，看到儿子身旁还有个箱子，就问："哪儿来的？"留住想了想，说："哦，刚才救了一个人，那人留给我的，说是小心意。"

"走吧，回家吧。"

留住"嗯"了一声，就去提那箱子，可是一提，就发现这箱子特别沉，打开一看，竟是满满的一箱金银厨具。母子俩都愣住了，留住的第一个念头是：哎呀，有钱给娘治病了……

就在他们出神发愣的时候，赌徒李三来了。他今天也没拿到头奖，怨恨留住不帮他，带着人来算账了。留住赶紧合上箱子盖，可已经晚了。

李三看见一箱子的金银器物，眼睛都直了，原本恶狠狠的脸色忽地变了，他嬉皮笑脸地说："留住兄弟，怎么忽然有这么多宝贝？兄弟一场，借我用用。"说着也不管人同不同意，立刻就招呼几个手下去抬箱子。留住认出其中一个竟是下午给弄潮儿们派发吃食的楼屋主人！

"好啊，原来你们是一伙儿的，什么员外都是假的，为了拿头奖不择手段！"

"我不过是让人演了一出戏，在白送的吃食里加了一点'睡圣散'。我可没逼着人吃，都是他们自己拿的。"说完，李三朝留住打了一拳，抬着箱子就跑了。

留住气不过，也不想让他们抢走母亲的治病钱，拼命追了过去，可哪里追得上？他气喘吁吁地歇在路边，碰巧看见几个人在围殴一个人，他一看，被打的这个人不就是替母亲看过病的"蔡神医"吗？

"哎，你们怎么当街打人？快住手！"

"打的就是他，一个骗子，大骗子！这郎中不好好救人，反倒靠着医术骗人！我们给老头子治病，可是被他骗光了钱！"

"你说什么？"留住诧异极了，揪住被打的人问，"你是骗子？那我娘的病是真的吗？"这时候，留住的母亲也追了过来。那假郎中看见是她，一开始还不肯说话，直到挨了留住两巴掌，才说："编的，都是我编的。她没什么大病，普通风寒而已……"

此话一出，母子俩都乐了。多日的阴霾终于消散。

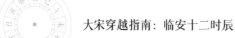

南宋·李嵩《月夜看潮图》（台北故宫博物院藏，图中可见临安观潮场景）

皓月初上，官家和太上皇才回宫，临安史上规模最大的观潮活动结束了。当晚，弄潮儿们抱着赏钱回城，在御街受到了百姓的鼓乐欢迎，人们像是迎接英雄一般庆贺他们归来。

留住也享受着成为英雄的片刻，他想："怎么可能再也不去弄潮呢？我只有弄潮的时候，才觉得自己活得像个人啊。一定要想法子说服母亲。"正想着，有人拦住了他，送来了被李三夺去的大箱子和一大包首饰，这人说："我家王员外让你收好，多谢你救了我家的恩人。"

"恩人？"

那人解释了一番，留住忍不住乐了。原来请林遇仙斫脍的王员外是开柜坊的，李三抬着装着金银厨具的箱子到柜坊还债，王员外一看：这不是救了自己妻女的恩人林遇仙的箱子？几番询问得知了箱子的故事，就把李三教训了一顿，还让人把箱子送还给留住。王员外想着留住救了自己妻女的恩人，又多送了一大包首饰。

这一天的起落也跟钱塘大潮一样，激荡着欢乐和悲伤。虚惊一场，意外之喜，没有比这两件事更让人开心的了。

小报记者
追热点的人

　　咸淳年间（1265—1274）一个再普通不过的秋天，四更时分的山寺钟声敲响时，王小乙已经把自己的全部家当——一块银锭、一摞会子和几袋铜钱都数了一遍，才开始摸黑在吴山坊的小客店里打火做饭。客店主人钱员外已经端着米锅在店里走了好几圈，就等着哪位客人做了饭，他好去蹭人家炉灶的余温。

　　王小乙不过二十来岁，却早已练就了将炉火烧得刚好煮一锅饭的"绝技"，从未让钱员外占过便宜。吃过朝食，王小乙出了吴山坊又在街边买了一份玉灌肺，一路吃着往和宁门走去。他花每一文钱都格外谨慎，唯独买吃的毫不心疼。

　　和宁门前的早市热闹极了，皇宫里的宫女和官署中的官吏都来早市买各种新奇的吃食。王小乙每天都要到这个早市和宫里的内线接头，获取最新的

宋·佚名《雪栈牛车图》（台北故宫博物院藏，画中可见雪中的乡间客店）

深宫秘闻。

是的，王小乙就是宋朝的"狗仔"。为了满足吃瓜群众的八卦需求，宋朝出现了一种特殊的报纸——小报，专门报道各种劲爆消息。从那时起，小报上的消息就被称为"新闻"。挖掘新闻、撰写爆款文章的小报记者被称为"内探""省探""衙探"。其各有分工，"内探"盯的是宫闱秘事，"省探"负责官方朝报没有报道的中书省、门下省和尚书省的新闻，而"衙探"则穿梭在京城各大衙门之间，报道诸如凶杀案的进展等。为了多挣钱，小报记者王小乙每天都要跑好多条"新闻线"，不仅把内探、省探、衙探的活儿都干了，还要负责新闻的撰写，忙得很。

这一天，他等了好一会儿才见到先前买通的在宫里当差的中贵人。那人说了官家（宋度宗）新近宠爱哪位妃子，说各个阁里的娘子们为了争宠使了什么手段，扭捏了好一会儿，又说："近日宫里的小黄门、小宫女总在私下传，说外头有消息，襄阳被蒙古人围住啦……"

"什么？"

"还记得将军刘整吗？他不是被迫投降蒙古人了吗？就是他建议蒙古人来围困襄阳

和樊城的。蒙古军擅长骑射，水战打不过我们，也是刘整帮他们操练水军的。也有人传，说蒙古人要夺下襄阳和樊城，从汉水入江，直下临安。襄阳危矣，临安危矣，大宋危矣……"

中贵人传了消息，拿了钱走了，留下王小乙狐疑着：这消息究竟是真是假？怎么没听到半点风声……

离开和宁门前的早市，路过三省六部的官署门口，王小乙听到路人们都在议论着，说三省六部的一个书吏家里昨夜被偷了，作案之人在他家的墙壁上留下了几个大字——我来也。正是近来风头正盛的怪盗，人称"我来也"。淳熙年间，"我来也"就曾在临安叱咤风云，神出鬼没，官府抓不住他。因他常劫富济贫，所以留下了"侠盗"的美名。后来，"我来也"销声匿迹，不知怎么近来又出现了。

王小乙听到这消息万分诧异，顾不得多想，掐着时间赶去寿域坊找内线拿消息。寿域坊，俗称白马庙巷，坊内有一座七宝山，山上山下遍布官员的住宅。王小乙的一个内线"官二代"何衙内就住在这里。

"今儿没消息啦！你不知道？我家被'我来也'搬空了，我老爹顾不上新闻的事儿

宋度宗（一个先天存在智力缺陷的皇帝，终生受制于贾似道，死后没几年，宋朝灭亡）

南宋·佚名《宫沼纳凉图》（台北故宫博物院藏，画中可见南宋皇宫中的妃子、宫女和宦官形象）

南宋·刘松年《四景山水图》（北京故宫博物院藏，局部，图中可见临安富贵人家庭院别墅的秋景）

了……"何衙内一脸无奈。

"又是'我来也'？"

"昨夜被偷的就我们一家，想必街市上已经传遍了。往日我都是通过我老爹要来的三省六部的消息，今天实在没法子了……那？"

"明白明白。"王小乙读懂了言下之意，悄悄把钱给了何衙内就走了。他心里虽有许多疑惑，但还是马不停蹄赶去了临安府的衙门——今日还要报道一桩凶杀案的进展，必须要拿到狱卒打听来的消息。

可他刚过了懊来桥，还没到衙门前，一个披头散发的中年妇人就冲了上来。

那妇人逮住他就是一顿拳打脚踢，边痛哭边哀号："就是你，就是你编的新闻害死了人！"王小乙一头雾水，挨着捶打，在妇人的辱骂声和看客的指责声中，他总算听懂了来龙去脉。

原来，这妇人的丈夫李四郎卷入了凶杀案，被官府带去审问了许久，最终无罪释放回了家。但是市面上的一张小报却信誓旦旦地报道：李四郎就是真凶，只是官府暂时没有证据。消息传开，远亲近邻都对李四郎和他家人指指点点，更有人在李家门上泼墨写"凶手"二字。李四郎熬不住，昨天夜里自尽了。他的妻子阿吴多方打听，有人告诉她，写那张小报的人就是王小乙。

"不，不是，我没有……"王小乙为自己辩解，他没写过这个新闻。可绝望的妇人和旁边的看客嚷成了一片，把他辩白的声音死死压了下去。身材矮胖的王小乙就像一个蹴鞠被人踢来踢去，好在他腿脚灵活，瞅准了人群的空当才终于溜走。

临安府衙门前这么一闹，"王小乙写假新闻逼死人"的消息很快就传开了。各路亲戚朋友见了王小乙无不嗤之以鼻。

（传）北宋·王居正《纺车图》（北京故宫博物院藏，画中可见宋代农村妇女形象）

"究竟是谁写的呢？"王小乙忍痛掏钱买了那张刊载假新闻、逼死李四郎的过期小报。小报的字印得歪歪斜斜的，还有不少段落模糊不清，一看就是为了赶时间用蜡版雕刻印出来的。当时的小报多采用蜡版印刷，虽然有时蜡不着墨，印刷出来的字容易失真，但制作方便快捷，适合用来传报急事。

　　王小乙仔细翻了翻小报，把上面的每一个字都读了好几遍。小报上没有刻工的名字，别说撰写新闻的人，就连这是哪家书铺印刷的都无从知晓。也许是发行小报的人为了免责故意不写出处，市面上有不少这样粗制滥造的小报。

　　虽然不知道小报上的新闻出自何人之手，但王小乙很肯定这绝对与自己无关。于是他就拿着这张小报，到处跟人解释："你看，这短短一篇新闻用了这么多个'之'字，什么'李家之四郎'，我从来不写这么多的废话，用词都很简洁明了。这一看就不是我写的。而且我写的新闻总是找荣六郎书籍铺印刷，他们家的印刷质量好，刻工细腻，墨色均匀，决不是这样粗劣的下等货。"他说着，还要向人解释自己都怎么遣词造句的。

　　有的人出于好奇，有的人成心嘲讽，大家都来询问他这张小报的细节。

南宋临安府荣六郎刻本《抱朴子内篇》（卷一书影。辽宁省图书馆藏，引自姜青青著《遇见宋版书》，浙江摄影出版社 2019 年出版）

他就一遍又一遍地解释着小报上的用词行文和自己的行文习惯都有哪些不同，并且严肃地对天发誓，说这样无良的新闻绝对不是他的手笔。

王小乙说得口干舌燥，看客带着不屑和嘲笑回应他："哪个贼偷了东西会在街上承认是自己干的？你就是故意用了不同的法子来写这个害人的新闻，不就是为了钱吗？贼得很！"

"怎么就不相信我呢！"王小乙烦躁起来，眼瞅着时间不早了，暂时放下了为自己辩白的事儿，火急火燎地去搜集今天要写的新闻。

这就是一个小报记者的职业素养，永远都忙着采集吃瓜群众爱看的消息。

宋真宗（中国古代史上最早推行新闻审查制度的皇帝）

临安城里新闻最集中的地方必定是朝天门。朝天门的北面有一个进奏院，是宋朝中央政府编辑和发行官方新闻报纸"朝报"的机构。朝报，也叫邸报、报状，主要刊登朝廷大事、官员人事任免等内容，所有内容需要经过枢密院的审查才能印刷发行。南宋时每日发行一期，但是每隔十天才通过邮传系统分发到全国各地。

进奏院的一些官员往往利用职务之便，将未经审查的消息悄悄传到市面上，这就给

南宋·佚名《西湖春晓图》（北京故宫博物院藏，当时，有一句话"朝中无宰相，湖上有平章"来讽刺贾似道在西湖葛岭豪宅醉生梦死）

南宋·赵大亨《薇省黄昏图》（辽宁省博物馆藏，图中可见富贵人家庭院内景）

小报提供了素材。每天都有大量的小报记者盘桓在朝天门，闻风而动，打探各类最新消息。王小乙也约了各路内线在朝天门碰面，每日午时都是获取新闻的忙碌时刻，他总是略早些就蹲在朝天门前，一边吧唧着嘴吃东西，一边等人。这会儿他的脸上还挂着猪胰胡饼的油渍呢。

一个内线告诉王小乙，说宰相贾似道每日在葛岭的豪宅里寻欢作乐，和妻妾们趴在地上斗蟋蟀，把朝廷的政务都交给门客廖莹中等人处理。

王小乙听了便提笔在纸上写道："震惊！廖莹中取代贾似道，成大宋掌权人！而贾似道买空官巷蟋蟀，只为在葛岭私宅博娇妻美妾一笑，'蟋蟀宰相'竟是宠妻狂魔！"

"哎，我可不是这么说的……"

"放心、放心，这都是显而易见的事儿，我向来只写实情。"

另一个内线告诉王小乙，说贾似道禁止宫里人向官家透露边境的事务。有个宫女不小心在官家面前说漏了嘴，被贾似道找借口处死了。

王小乙皱着眉头写道："深宫大案，因为说了一句不该说的话，至少五十个宫女惨遭杀害，血案的制造者就是将官家当作傀儡的贾似道！"

"不对啊，什么五十个宫女，怎么瞎写……"

"放心、放心，迟早会这样，我不过是先写了而已，我向来只写实情。"

王小乙整理着他的新闻稿，正要联系下一个内线，忽然有人指着他大喊："这不是专门写假新闻的王小乙吗？昨天还逼死了一个汉子呢！可怜啊，好好一个人被他害死了。"

"不，不是，我没有……"王小乙从怀里掏出皱皱巴巴的小报，指着李四郎的新闻，瞪大了眼睛为自己辩解："你们看，这不是我写的呀，看看这里面用了多少个'之'字，我从来不这样写……"

吃瓜群众可不买账，一齐围住了王小乙。王小乙如同过街老鼠一般躲了好一会儿，正不知如何是好，又得到消息：有个叫"歪头孙"的人带着钱，到李四郎家认罪道歉了，说那条假新闻是他写的。他编造新闻只是为了扩大影响，让大家都来关注凶案的受害者，没想到这新闻害死了无辜的人。

王小乙听说了这消息，顿时松了一口气，说："这下我可算是解脱了。"他如释重负，拿着那张小报开始满大街游走，逢人就诉说自己的冤屈："你是不知道，我被害惨了，多大的罪名啊，都扣在我头上了。好在苍天有眼啊，写假新闻的'歪头孙'主动认罪，我是清白的！"他说得眉飞色舞，看客却面露鄙夷。他感到有些不安，打算回到吴山坊的客店，好好躺平缓一缓。

一进客店，王小乙就发现店主人钱员外和一群客人看他的眼神都颇为异样。他赶紧掏出那张小报，嚷嚷着："不知道是谁造的谣，可把我害惨了。"然后声情并茂地向大家讲述自己的倒霉遭遇。

王小乙本想为自己"辟谣"，可钱员外却鄙夷地说："别骗人啦，就是你！"

在场的几个客人也附和起来："肯定是你花钱雇了一个闲人，让那人去顶罪。写假新闻的人就是你！""谁不知道，你靠着写小报挣了一屋子的钱，

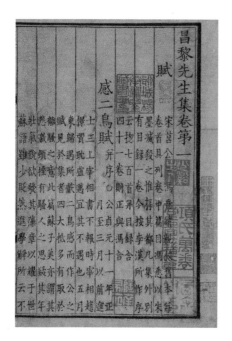

南宋廖氏世彩堂刻本《昌黎先生集》（廖莹中是著名的刻书家，家中有专门刻书的"世彩堂"，编校刊刻了许多绝世之作。其刊刻的《昌黎先生集》被称为"绝世神品"）

除了买吃的，都攒起来了。""像你这样有钱的守财奴，宁可穿得像个乞丐，也要攒钱。这回收买闲人，花了多少钱？"

说话间，钱员外把王小乙的行李——一个破破烂烂的大包袱扔了出来，说："你，立刻付了房钱，走吧！"

王小乙还没反应过来，"吃瓜群众"已经开起了夸张的审判会——有人说王小乙从来就是靠着草菅人命挣钱的，被他的假新闻害死的人都堆满了九曲城菩提院的化人亭，烧都烧不过来……本是毫无根据的猜测，但说着说着，群情激愤，人们也就信了。随着审判的深入，"善人们"正义感爆棚，越来越气愤，开始对王小乙拳打脚踢。

王小乙吓得失了神，在混乱中抱着自己的大包袱逃离了客店——这家他已经住了小半年的像家一样的客店。去哪儿呢？他最先想到了中瓦子前的

"荣六郎书籍铺"。

书铺的主人荣启是个刻书工匠。王小乙总是把自己写的新闻拿到"荣六郎书籍铺"里刊刻。这里也是采用蜡版印刷，但印刷质量比市面上其他家的要精良得多。

"来啦？今天有什么新闻？"王小乙刚踏进书铺，听到荣启这么问还有些心悸，他还是像往常一样把新闻说了一遍："那个刻书的廖莹中，要取代贾似道成为大宋掌权人了！而贾似道买空了官巷的蟋蟀，只为在葛岭私宅博妻妾一笑……还有，因为向官家透露了不该说的事，至少五十个宫女被贾似道杀害……"

"哦，你是说贾似道忙着在家里斗蟋蟀，把国家大事都交给廖莹中处理？贾似道为了蒙蔽官家，处罚了乱说话的宫女？"荣启将新闻复述了一遍。他早就知道王小乙写的新闻都会夸大其词，听的时候总是自动过滤不可信的描述。为了小报的销量和双方的合作约定，荣启还是会原样刊刻王小乙写的内容。

还没清净一会儿，不知是谁泄露了王小乙的踪迹，陆续又有人在书铺门口骂了起来，还有人朝着书铺扔石头，嚷嚷着要荣启把王小乙交出来。实在没法，他们把书铺的门关

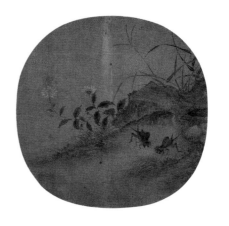

南宋·牟益《茸坡促织图》（台北故宫博物院藏，图中可见一对在草丛中觅食的蟋蟀）

上，躲了起来。

王小乙再一次拿出小报，苦着脸为自己辩白。

荣启默默听完他的遭遇，说："你的事儿，我也听说了。一整天传得沸沸扬扬的，不知道有多少人想揍你，甚至想杀你。你啊，平时的新闻确实写得夸张了些。要知道，小报的影响力可不小，从前有人为了逼官家反击外敌，不惜在小报上刊登假圣旨，官家都不得不亲自出来澄清……"

"夸张？"这一下轮到王小乙错愕了，他还是头一回意识到自己写的新闻也许不完全真实，可他从未想过虚构新闻。只是在得到消息的那一刻，他脑海里的小剧场就拉开了帷幕。他想着想着，就把一个可能的故事补充完整了，并且对故事的真实性深信不疑。

"真的言过其实了吗？"听着书铺外面越来越大的动静，再加上荣启的善意提醒，王小乙也疑惑了。想到今天的遭遇，他深深感受到了什么叫"造谣一张嘴，辟谣跑断腿"……

入夜了，书铺外的骂声忽然消失了。荣启外出一打听，才知道是那桩凶杀案的真凶被抓了，现在市面上的许多小报都忙着报道凶犯和他背后的故事，于是普通百姓的注意力就像潮水一样，都被吸引走了。正义的人都开始争相讨论和辱骂被抓的凶犯，很快就忘记了"王小乙写的假新闻"这事，也没有人记得要为李四郎家的妇人阿吴主持公道了。

忙了一天，心惊胆战了一天，王小乙还没开始写他这一天的新闻，写什么好呢？他想到了在和宁门早市上听说的那个"襄阳被围困"的消息，这要是真的，那可是个大新闻啊。

他想了想，一边吃着猪胰胡饼，一边把这新闻写了出来。这次他写的时候格外小心，极力压制自己多余的想象力，回忆着早市上内线的描述，小心翼翼地想着措辞。他写了好久好久，才终于完稿。

荣启瞧着这一反常态的大新闻，也是格外吃惊，紧赶慢赶把新闻刊印成小报，刚印好就打发人拿到街市上去叫卖，想靠着这惊天的新闻大赚一笔。

可是，这张报道"襄阳被围困"消息的小报滞销了，许多人拿在手里看了一眼就扔了，骂道："假新闻！"

这新闻不大吗？王小乙疑惑地读着："据传，襄阳已被蒙古军围困……"他心想，"这没有半句夸张，都是按照内线说的来写的，怎么没人信呢？"

荣启也来问他："这真是宫里的内线传出来的消息？是真的吗？那人怕只是为了骗你的钱，才编了这么个大新闻……"

王小乙心里也疑惑，临安城里如此繁华安宁，大宋哪里像是会有战火的样子？他跑到大街上，看着那酒楼茶肆的耀眼灯火，听着小商贩们悦耳的叫卖声，心想那一定是个假新闻。现在的大宋，现在的临安，烈火烹油般繁华，也没听说边境有战火，怎么会有襄阳被围困这样的事发生呢？

北宋·李公麟《孝经图》（大都会艺术博物馆藏，局部，图片展现审讯场景）

元·刘贯道《元世祖出猎图》（台北故宫博物院藏。为了灭南宋，元世祖忽必烈接受刘整的建议，进行了长达六年的襄樊之战）

南宋·佚名《卤簿玉辂图》（图中可见南宋官员形象）

想着想着，他也觉得自己是被骗了，那就是一个假新闻。

于是，王小乙高高兴兴地到街市上饱餐了一顿，水晶烧鹅、羊脂韭饼、旋炙犯儿、罐里燋、槽猪头、椰千酒、雪泡缩脾饮……平日里一文一文攒下来的钱被大把花在了市食上。等他吃饱喝足，已是亥时。

他在三桥附近找了一家新的客店住下，从大包袱里拿出一身夜行衣，摇身一变成了穿梭在暗夜里的怪盗"我来也"！

他是"我来也"——借着淳熙年间那位"我来也"的名号在临安城里劫富济贫，有时候也把自己写小报挣来的钱散给可怜人；他也不完全是"我来也"——虽然渴望像侠盗"我来也"那样行侠仗义，但他长得矮胖，也没有太高的武艺，所以只能通过一些小偷小摸的法子去劫富济贫。

许多人见"我来也"重出江湖，纷纷把各类失窃案安在了这个怪盗身上，比如寿域坊的"官二代"何衙内——他监守自盗，又把罪名推给了"我来也"。曾经梦想走天涯的王小乙成了市井的小报记者，只有这身夜行衣，能让他短暂做一个侠客梦。

量酒博士
"卷王"也"日光"

　　淳熙年间（1174—1189）的一个重阳节，四更天时，沉闷悠远的寺院钟声打破了临安的寂静。十八岁的孙三郎瞪着熬红的双眼，起身又翻了一遍行囊，果真是一枚铜钱也没有了。同住一屋的李狗儿还呼呼睡着，孙三郎像往常一样麻利地打火做饭，匆匆填了肚子就离开米市桥下的客店，到西湖边的丰乐楼干活去了。

　　通宵营业的丰乐楼才刚安静一会儿，很快又要热闹起来。孙三郎是白天干活的量酒博士中来得最早的一个，谁也不如他勤快。他心急如焚地擦桌子、换帘子、洗果子，眼巴巴盼来了酒楼老板，第一句就问："王员外，借我一贯钱可好？"

　　"咦，你忘啦？几天前刚把这个月的工钱支给你了，怎么又来借钱！"王员外打了个饱嗝，忙活去了。

元·夏永《丰乐楼图》（北京故宫博物院藏）

孙三郎想起来了，这个月的工钱他早拿去付了上个月的房钱。还能找谁借钱呢？昨夜他已经问过李狗儿，可李狗儿比他还穷。他生平第一次犯愁了，整夜想着借钱的事儿，只因一个挥之不去的身影。

几天前，临安举行盛大的迎新酒仪式。全城百姓几乎都涌上街头看挑着新酒的游行队伍和跟在新酒后面表演的杂技百戏，还有许多浓妆艳抹的官私歌妓（伎）——她们都是名酒代言人。

孙三郎在这人海中偶遇了一位簪花的小娘子，那小娘子似乎也对他有些情意，故意将簪戴的菊花落下给他。"这不就是两情相悦的大好姻缘吗？"孙三郎痴痴地想。他花钱四处打听，昨夜才得知：这是五间楼前张家生药铺老板的女儿张九娘，九月初九重阳节正是她的生辰！孙三郎动了心思，想给张九娘送一份体面的生辰礼，可自己无论如何也掏不出那个钱。他是出了名的"日光族"，不会让今天挣的钱留到明天。

"那我下个月的工钱……"孙三郎不死心，追着王员外试探道。"没门儿。"王员外说着，使唤量酒博士们把几大篮菊花抬到酒楼门口去。孙三郎跟上去，一边把菊花插到门口的彩楼欢门上，一边软磨硬泡着借钱。每到重阳节，临安酒家都会用菊花装点大门楼。在场的量酒博士们都忍不住打趣他："穷了孙三郎，富了小张四郎，瓦子勾栏真是销金窝！""做最勤快的量酒，过最紧巴的日子！"

作为丰乐楼的第一"卷王"，孙三郎一个人可以干三个人的活儿，点菜、斟酒、上菜，还有送外卖——许多临安人不爱下厨，饿了就在市井上买现成的饭菜，这叫"索唤市食"，各家饮食店也乐于提供送菜到家的服务。孙三郎是这里跑单最多的"外卖小哥"，挣了不少跑腿费。可他的钱都去哪儿了呢？大半进了瓦子。他最爱到瓦子里看戏，还要"追星"——有了钱必定要去捧许多勾栏艺人的场。小张四郎是他最偏爱的一位，专门在北瓦里说史书。

"钱嘛，就是用来花的。存在那儿，难道能钱生钱？勤快挣钱，爽快花钱，今日钱今日花，这才是过日子嘛。"他总是这样说。

（传）南宋·李嵩《西湖清趣图》（弗利尔美术馆藏，局部，画中可见钱湖门，门前的建筑可能是著名的钱湖门瓦子）

北宋·张择端《清明上河图》（北京故宫博物院藏，局部，图中可见孙羊正店门口的彩楼欢门）

"你嘴皮磨出茧子来我也不借。干活！"丰乐楼的客人多了起来，王员外催着大家招呼客人，点了孙三郎几句，"今儿个重阳节，少不了叫'索唤'的客人。只要多送几家或是有一家来置办大宴会饮食的，还怕挣不到钱？"

孙三郎心想有道理，便喜滋滋地忙活开了。

进了装扮一新的大门楼，穿过院落就是一楼的散座，摆满了桌子和凳子，寻常客人不嫌嘈杂可在一楼落座。若是想要找个清静雅致的去处，可就得上二楼，楼上的南北天井两廊的包厢，叫小阁子。许多艳丽的歌妓（伎）聚集在主廊上，等待小阁子客人的呼唤，她们只卖笑不卖身。一些风雅客还会花点钱，让专门焚香的老妪"香婆"在酒桌上点一炉香。

客人来了，孙三郎会立刻迎接他们入座，不管什么身份，哪怕两人只是买几十文的酒，他也会按规矩摆上银制的餐具：一副注碗、两副盘盏、三五只水菜碗，每人五片果菜碟。客人坐定了，孙三郎先端上几盘"看菜"，询问喝多少酒，得了菜名就一字不差地报到厨房，还能准确说出客人或冷或热或温的做菜需求。这"看菜"是只许看、不许吃的，等正菜烧好了，再将"看菜"撤走。量酒博士的服务必须周到，若是出了差错，客人就会找酒楼老板投诉，会受到轻则叱骂、扣工钱，重则开除的惩罚。

除了像孙三郎这样的量酒博士，还有好些外来的"服务员"穿梭在酒桌间。有一些卖食药、香药、果子的人，也不问客人买不买，随手就把商品散给客人，再讨要钱物，这叫"撒暂"。

北宋·张择端《清明上河图》（北京故宫博物院藏，局部，画中可见酒楼阁子桌上的注壶和温碗）

重阳节，时人用菊花、茱萸泡酒喝，以消除灾厄。丰乐楼里人声鼎沸，可孙三郎却觉得快乐都是别人的，自己什么也没有——这一上午，没人点外卖。虽然没有外卖单，可他有闹心事呀：一个读书人喝醉了酒，在阁子里刚刷的粉壁上豪迈题诗，今日值班的量酒博士也就是孙三郎得被扣工钱了；一个

北宋·张择端《清明上河图》（北京故宫博物院藏，局部，图中酒楼二楼中的可能是量酒博士）

穿戴不俗的富商进楼就点了十来瓶蓬莱春和一大桌子下酒菜，喝了半天才说付不起酒菜钱，闹着要从二楼阁子上跳下去……因为一门心思都在外卖上，孙三郎老是走神，被客人投诉了好几回。

他烦躁极了，熬到中午才等来了两个外卖单子，乐得饭也不吃就出去了，谁知——

一个单子是送两碗香药灌肺到不远处西湖边的游船上。孙三郎想这地方离得近，也不用食盒，一只手拿了筷子，一只手捧着两个大碗就跟着来人过去了——这不算什么，他常常左手端三只碗，右臂从手到肩堆叠着大约二十碗的菜肴，半点差错也不会有。谁料这回，他上船时一不小心踩空，这饭菜连同碗筷都掉进了湖里，他只好补送了一回，但这菜钱和碗钱得从工钱里扣。

另一个单子，来点外卖的仆人急得很，只留下一个地址"竹竿巷口张家"就先走了。孙三郎拎着食盒去了竹竿巷，却找不到这户巷口的张家，他这才想起这里是纯礼坊，俗称"竹竿巷"。可城里另有一个长庆坊，也叫竹竿巷。等他找到张家，饭菜早就凉了，等了半天的客人将他连人带饭菜都赶了

南宋·佚名《田畯醉归图》(北京故
宫博物院藏,局部,饮酒是宋朝百
姓的日常)

出去……

"准是因为昨夜一宿没睡,这才老出错。"孙三郎想着,垂头丧气地踱回
丰乐楼,刚到门口就听见有人叫住了他,是李狗儿。李狗儿是个茶博士,也
就是茶坊伙计,就在丰乐楼边上的一家小茶肆挣生计。他看见孙三郎回来了,
提着茶瓶小跑过来,递给他一文钱,说:"这是方才点茶时,客人赏的,借你吧。"

"这哪够……"孙三郎叹道。

李狗儿乐了:"前些日子你还笑话我呢,说一个大男人怎么能被小娘子治
住,还说那顾娘子不就是会唱个曲儿吗,怎么能把人迷得七荤八素的?是饭
不好吃还是戏不好看?瞧瞧你现在,不也是被一个张小娘子勾了魂儿?"

孙三郎像嚼蜡一样往嘴里塞着午饭——一块凉透了的炊饼,心想:点茶
婆婆家的顾娘子哪有张九娘好看。唉,我这上哪儿挣钱去,白瞎了勤快的
手脚……

"博士,点个茶!"一个茶肆里的客人大喊着,唤回了李狗儿。这时,
丰乐楼里的量酒博士们都呼喊了起来,孙三郎凑过去一听:是皇宫里的一位

中贵人来点外卖了！.

量酒博士们都争着要接这个活儿，王员外盯着一张张热切的脸，想了想说："孙三郎，你去吧。"众人嚷了起来，王员外又说："行了，平日里最勤快、最稳妥的是孙三郎，送'索唤'最多的也是孙三郎，就他了。你们都忙别的去吧。"嘴上不说，但他心里还有另一个考虑：孙三郎需要钱。

"这个活儿不好做的，送好了有大奖赏，要出了差错可是要杀头的。"王员外将孙三郎拉到一边，低声说，"这是官家（宋孝宗）孝敬太上皇（宋高宗）的，糕糜乳糖浇、罐里爆、宽焦薄脆、水晶脍、拨霞供……大多是市井上的名吃。想想今儿个什么日子？重阳节！中贵人说了，官家早就跟太上

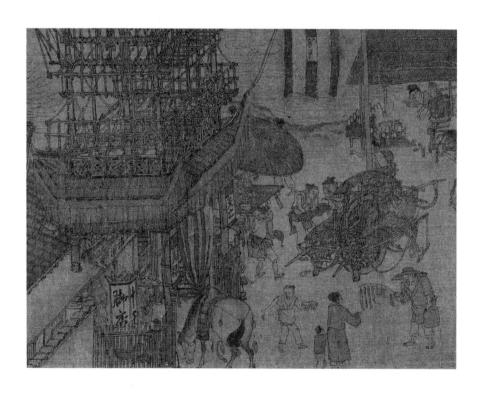

北宋·张择端《清明上河图》（北京故宫博物院藏，局部，图中可见十千脚店门口的"外卖小哥"单手拿着两只碗）

皇说了这事，所以咱们要好好办，惹恼了太上皇可不好。官家一向惧怕他老人家，想讨他欢心。孙三郎，你一定要在酉时之前将东西送到德寿宫，万万仔细着点儿！"

德寿宫坐落在望仙桥的东边。这原本是秦桧的府第，宋高宗在秦桧死后将其府第收回改建成了退位后的养老宫殿。德寿宫里有一个大龙池，是人工开凿的小西湖，还有一座模仿飞来峰的巨型假山"万岁山"。宋高宗就在这德寿宫里享受着养子宋孝宗真心诚意的侍奉，过了二十五年安逸的退休日子。

约莫过了两刻，丰乐楼的郑厨就把菜肴都备好了。郑厨是临安名厨，在丰乐楼待了十来年，许多人是冲着他的名声来点外卖的。

孙三郎拿来一个木制的多层提食盒，这种提食盒很常见，酒楼食店多用它来运送食物，百姓外出郊游也少不了它。提食盒有四层屉盘，每一层都有数个大小不同的格子，孙三郎仔细地把一道道菜摆了进去。

在这些菜肴中，拨霞供是最特别的：将兔肉切成薄片，在热汤中来回涮几下，等肉变色了再蘸料食用。因为热汤中的肉片色彩如云霞，所以取名"拨霞供"，实际上这就是宋朝的兔肉火锅。丰乐楼的拨霞供与市井

（传）南宋·李永《喜鹊野兔图》
（克利夫兰艺术博物馆藏）

上的不同，热汤和蘸料都使用了郑厨的秘制配方，口味独特。

为了保证口感，丰乐楼的拨霞供外卖总是将新鲜兔肉冻在一种特制的小冰桶里，等送到客人家了再把兔肉切成薄片。另外，还要将秘制热汤装在汤瓶里，点上炭火，防止中途变冷。

孙三郎将盛放兔肉的冰桶放进了提食盒的最下一层，又把装热汤的汤瓶塞进了点着炭火的铁炉子，然后拿了一根扁担，一头挑食盒，一头挑火炉。收拾妥当，他瞧了一眼酒楼角落的计时滴漏，恰好到申时。

"还有一个时辰，时间宽裕得很。"他心想着，大踏步走出了酒楼。等在一旁的小厨娘张赛哥跟了上去，她是去席上片兔肉的，这也是丰乐楼的额外服务。

不多时，两人进了丰豫门，一路走到三桥附近就遇上了大型堵车现场。三桥一带有众多的旅馆、名店，平时人就多，今天赶上重阳，出城登高秋游

宋·佚名《春游晚归图》(北京故宫博物院藏，局部，画中的仆人挑着担，一头是提食盒，另一头是放着汤瓶的火炉)

北宋·张择端《清明上河图》（北京故宫博物院藏，局部，呈现虹桥上的拥堵场景）

的人数剧增。四周的道路被牛车、驴车、骡车塞满了，车与车之间又挤了许多轿子和行人。

孙三郎好不容易挤出人群，一辆失控的骡车偏偏这时冲过来撞上了近处满载"菊花塔"和"菊花障子"的货郎担，一时间花朵四散。漫天飞花中，孙三郎为了避让骡车，无意间狠狠踩了某人一脚，缓过神一看踩的是个挑着两只提食盒的脚夫。脚夫吃了痛顿时破口大骂，放下提食盒就揪住了孙三郎。孙三郎也放下担子，百般道歉。那人纠缠了好一会儿，在张赛哥的好声安抚下才挑着提食盒走了。

提食盒上落满了破碎的菊花，孙三郎一手拂去残花，忽然焦急地打开盖子：糟了，脚夫拿错提食盒了！他们惊诧地四处张望，远远看见脚夫挑着担子刚挤出三桥的拥堵人群。张赛哥抢先追上去，孙三郎紧随其后，费了好一

北宋·张择端《清明上河图》（北京故宫博物院藏，局部，图中可见手持便面的"社恐男"。便面是一种扇子，当人们走在路上不愿与人打招呼时就可用它挡住脸，避免一场社交尴尬）

阵工夫终于也挤过人群，赶上了等在道边的张赛哥和脚夫。

若不是看在张赛哥的面子上，脚夫是一点也不愿意停下来的。此时他已看过提食盒，知道错拿了，骂骂咧咧换了回来，立刻就走。

孙三郎换回提食盒，赶忙打开检查，这一看又吓坏了——别的菜肴都完好，只是最下层的冰桶不知何时倒了，掉了好些兔肉出来。

"糟了，这可是要呈给太上皇的！"小厨娘"哇"的一声就大哭了起来。孙三郎倒是冷静，说道："不怕，时辰还早，你雇头驴子赶回去，再拿一桶兔肉来。我挑着担子往前走，咱们在德寿宫前见。"

两人就此分别。孙三郎走了没几步，有人驾着牛车追上来，隔着车帘喊住了他："小官人瞧着眼熟，莫不是丰乐楼的量酒博士？"这是一个女子的声音。这声音又响起："方才听见，你要去给太上皇送'索唤'，是去德寿宫？我正要去望仙桥，可顺路送你一程。"见孙三郎满脸疑惑，她继续说道："我曾经在丰乐楼喝醉了，受过你的照顾。今天碰见了，想谢谢你。"

孙三郎也怕路上再出差错，狐疑着上了

车。车里的女子拿便面遮住了脸，只伸手行了个叉手礼就不再言语。孙三郎道了谢，也不多问，在一股甜香中迷迷糊糊睡着了。

不知过了多长时间，他醒了。睁眼发现自己倒在陌生柴房的角落里，手脚都被捆住了，一抬头看见窗外黑咕隆咚的，他顿时心凉了半截：天黑了？

"半个时辰以后，我再来。这些菜可得做好了。"紧闭的门外有人说了一句话，孙三郎听出这声音，分明就是方才邀他坐车的神秘女子。

这是美人局吗？一个念头闪过。孙三郎听说临安有些骗子专门以美貌女子为诱饵，引诱年轻男子上钩，谋财害命。可自己穷得只剩个人了，有啥可骗？况且他只是一个量酒博士，哪会做菜？手脚也都被绑了，还做什么菜？

他正想说话，却被突如其来的咳嗽声吓了一跳，扭头望去——晃动的烛光中，一个披头散发的老翁竖在柴火炉边，大腿以下全都没有了，他艰难地在一堆食材中间挪动。

紧接着，孙三郎看见了自己的提食盒和铁炉子，就在柴火灶边，可提食盒里的菜肴都摆在灶台上，被一一翻拣过了。完了，天黑了，菜没了，哪怕逃出去也是死路一条，更别说现在根本出不去。一想到这辈子再也不能去瓦子看戏、追星，也不能见张九娘，他绝望地大哭起来。

老翁听见哭声，提起菜刀晃晃悠悠地挪向孙三郎，手起刀落，三两下割断了捆人的绳子。孙三郎惊惧了好一会儿才缓过神来，问道："这是什么地方？你为什么在这里？我为什么也在这里？刚才说话的又是什么人？"说着，他起身去推屋里唯一的那扇窗户，推不开，又去撞紧锁的柴门。

老翁不回答，冷冷反问道："这菜是郑今那小子做的吧，是有些长进。你也是丰乐楼的？"

郑今就是郑厨，孙三郎听他称呼郑大厨为"那小子"，又道出了自己的来历，颇觉诧异。老翁的语气温和了许多，劝了句："消停会儿吧，我被关在这儿三年了，能出去早就出去了。"接着，他说道："那女子自称'鬼樊楼主人'，将我拘在这里只为一件事——复制临安的各家名菜。我从未看到过她的脸。她每隔一段时日就会找来某一家的招牌菜，让我照原样仿出来。我不答应，她就不给我吃的。有时她也会把菜和人一起塞过来，大多关两天也就把人放回去了。我旁敲侧击打听过，这女子颇懂烹饪之道，是个厨娘。"

"什么样的菜你都能仿？"

"嗯，我只要尝一尝，就能品出来，也能琢磨出做法。只是，我瞧不起这种偷人菜谱的下作厨子。"

"阿翁是高人。"孙三郎叹道，"唉，她难道是想偷学郑厨给太上皇做的菜？我酉时之前得到德寿宫，现在天都这么黑了，时辰早过了。我现在连人带'索唤'一起失踪，得急死王员外。即使被杀头，我也要堂堂正正出现在大家面前。"

想到这些，他顿时来了精神，抡起一根木柴就去撞门，门开了一条缝，隐约可见外面绕着一条大铁链，是万万扯不开的；他只好去推窗户，重重敲了十来下，竟真的敲开了！推开遮挡的破板壁，天光瞬间泻了进来，还是大白天！

老翁也愣住了，他断了双腿，只能勉强伸手够到窗户，根本推不动，也从未想过能破窗而逃。被困三年，眼看有了生路，竟一时恍惚了起来。

"阿翁，我背你上去！"

"你要救我？"老翁有些意外，缓过神又说，"等等。"他挪到灶边，从食材堆里挑菜忙碌了起来。

孙三郎醒悟过来，说："阿翁要帮我做菜？郑厨的手艺精绝，别人是学不来的。咱们还是快逃吧！"

"郑今那小子可是我教出来的。放心吧，没有半个时辰，那女子是不会来的。"老翁说完，只用一刻多的时间就把所有的菜都做好了。

孙三郎把老翁、提食盒、铁炉子——背到了窗外，他们在这座荒废的柴房外绕了好一会儿，才终于走到一条小路上——这竟是临安著名的私营大酒楼熙春楼的一处偏僻后院！

熙春楼在南瓦子，离德寿宫很近，孙三郎来不及揣测"鬼樊楼主人"的身份，就拜别老翁，挑着担子赶去了德寿宫。

张赛哥抱着兔肉冰桶，在德寿宫前等急了，还有一刻便是酉时了。他们被带到了德寿宫后苑的小西湖边，一人烧汤瓶，一人片兔肉，鲜美的拨霞供

宋·赵佶《瑞鹤图》（辽宁省博物馆藏，局部，界画展现了宋代建筑的细节，是专家复原德寿宫建筑风格的重要参考）

让宴席上的官家和太上皇都赞叹不已，也给了两人不少赏赐。

如愿以偿的孙三郎揣着赏钱，到御街的铺子上买了一根碧玉簪，喜滋滋地去五间楼前的张家生药铺送礼去了。

张九娘根本不认得他："哪里来的浮浪子弟？"

"小娘子，几天前迎新酒，我们有过一面之缘呀。你不仅冲我笑了，还把簪在头上的菊花送给了我。"

"我一向爱笑，至于那菊花，是我不想要了，随手扔的。总之，我不认识你。"

被轰出生药铺的孙三郎呆站在大街上，愣了好一会儿，忽然大笑起来："哎呀，原来是会错意了……那就算了吧！"他扭头进了质库，将生辰礼换了钱。这一日真是火急火燎，他忽然觉得自己不能再当"日光族"了，还是得攒钱以备不时之需。

哼着小曲儿，孙三郎出了钱湖门，揣着钱钻进了钱湖门瓦子，他心想：攒钱的事儿还是从明天开始吧。

刻书工匠
"疯魔"出版人

"天色阴晦……"

淳祐年间（1241—1252）某一年的冬至日，荣大郎在临安的"天气预报员"头陀的报晓声中打开了自家的门。他四十多岁了，靠着祖上留下来的书铺——一家刻书、印书、卖书的民营书店过日子。荣大郎既是刻工，又是出版编辑，还是书商。

这书铺开在中瓦南边、御街东边，门前挂着招牌"荣六郎经史书籍铺"，前店后坊，还有几大间住房。咦，店主叫"荣大郎"，招牌上写的怎么是"荣六郎"？

毕昇活字版复原模型（中国国家博物馆藏，冯晓雪摄）

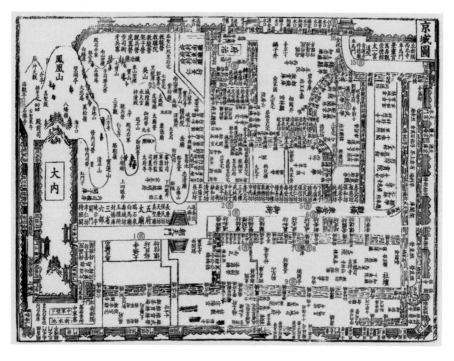

南宋京城临安刻书处示意图（引自姜青青著《遇见宋版书》，浙江摄影出版社 2019 年出版）

　　荣六郎是荣大郎的爷爷的爷爷，当年在北宋开封的大相国寺东边开书铺，"荣六郎"的招牌是响当当的，宋室南渡后又在临安老店新开。只可惜，百年老店传到荣大郎这一代已经风光不再，几十号刻工只有两个是真正的好手。

　　昨夜下了雪，大雪压塌了几户破茅屋。现在是辰时，时辰尚早，荣大郎拿了扫把在书铺门前清理积雪。冬至又叫一阳节，临安人特别要在这天大肆庆贺，才五更天，出游的车马已经堵在大街上了。妇女儿童全都换上华美的衣裳，穷人哪怕省吃俭用一整年甚至借贷也要穿上新衣、置办美食。遇上大雪天，人们更是要尽情玩乐。

　　今天的御街比往日热闹多了，街上充斥着各色叫卖声，一个走街串巷的算命先生高喊"时运来时，买庄田，娶老婆"，他又忍不住抱怨"这鬼天气卖卦，不要钱也没人买"。说着，他路过荣六郎书籍铺。

"不要钱？"门前扫雪的荣大郎来了精神，从怀里掏出一只叆叇（宋朝的眼镜），眯着眼上下打量算命先生和他手里的"广告海报"卦幡。荣大郎年轻时总爱在夜里挑灯刻书，生生熬成了近视眼，现在得靠着这只从西域买来的水晶叆叇才能勉强看清卦幡上的字："求神问仙，看命决疑，趋吉避凶，不灵不要钱。"

"卜一卦？"算命先生也精神了，拥着荣大郎进书铺，他在一张太师椅里坐下，接着从竹算筒里拿出一把铁算筹，念叨了起来。

这时，一个二十多岁的年轻人和一个七十多岁的老人家，并肩从后面的作坊进了书铺，年轻人摸着架子上的一排书说："多亏了吴阿翁，这些书才能

北宋·张择端《清明上河图》（北京故宫博物院藏，局部，画中可见算命先生和他的算命摊，还挂着几张海报，分别写着"神课""看命""决疑"等广告词）

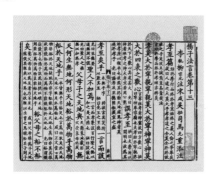

南宋淳熙八年（1181）台州刻本《扬子法言》（卷十三中缝下，可见刻工名字"蒋辉"。引自姜青青著《遇见宋版书》，浙江摄影出版社 2019 年出版）

南宋淳熙八年（1181）台州刻本《荀子》（卷三书影，版心下方有刻工名字"王定"。引自姜青青著《遇见宋版书》，浙江摄影出版社 2019 年出版）

又好又快地上市！"他身旁的老人家得了夸奖，只憨憨笑着，没有接话。

荣大郎和他们打了个招呼，便催着算命先生要占卜结果。这算命先生自称"孙自虚"，又磨了一会儿，才皱着眉头说："不好咯，你家书铺会有灭顶之灾，就在冬至！"

"今天？"荣大郎傻眼了，急着问，"孙先生可有避祸的法子？"

"有是有，不过你得破点财，这个数……"孙自虚伸出一个巴掌，翻了翻。"五文钱？"荣大郎心里打了退堂鼓，结果听见孙自虚说："不，五贯钱。"

这话吓蒙了荣大郎，五贯再加一贯都能买一套十五册的《荀子》《扬子法言》《文中子》《昌黎先生集》，整整四部书啊，太贵了！让他这个守财奴拿出五文钱都是难的，更别说五贯了。他好面子，不好说嫌贵，反问："算得可准？该不会是胡扯的吧？"又随口试探："你能算出他的事？"说着指了指书架前的老人家。

"这个嘛……有了！他姓吴，是你们铺子里刻书手艺最高的匠人，尤其擅长套印年画《福禄寿三星》，对吗？"

荣大郎的头点得跟捣蒜似的，又指了指

书架前的年轻人问："他呢？"

"你儿子啊……虽说他小时候抓周，一把就拿了块铜印版，却终究成不了刻书高手。"

他说对了。年轻人叫荣启，老人家叫吴果，都是书铺的自家人。荣大郎听完，信了几分，接着问："那我刻书时用的是左手还是右手？"

"左手。"孙自虚这话一出，荣启笑了，说："错，谁不知道我爹是右手拿刀雕版！"

可荣大郎却拍案叫道："哎呀，太神了！我小时候就是左手雕版，后来才被硬生生改成右手的。"吴果也点头证实了他的话。

这一下，荣大郎对算命先生深信不疑，担忧起书铺的灭顶之灾，可他还是不愿意掏出五贯钱来，便说："就是神仙也有出错的时候嘛，你倒说说看，那具体是个什么灾祸？"他想旁敲侧击套出话来，自己再悄悄想法子避祸。

"可怕啊，黑白无常都会上门，教人知道世事无常。"孙自虚说着莫名其妙的话，又问荣大郎想不想花钱消灾。两人言语上打了几个来回，荣大郎就是不肯掏钱，孙自虚只好走了，边走边说："黑无常、白无常，世事无常。算卦、算卦咯……"

"黑白无常？要知道，冬至日，阳气始至，一向是大吉之日啊。虽然不知道是个什么灾祸，凭我的头脑，定有办法避开……"嘴上这么说，可荣大郎一想起那个可怕的占卜结果就惶恐不安，全部心思都花在了避祸消灾上。

临安的御街一带，各类大小书店扎堆，著名的有太庙前尹家书籍铺、中瓦子张家文籍铺、睦亲坊南陈宅书籍铺、众安桥南贾官人经书铺、棚前南街王念三郎家经坊，等等。几天前，荣六郎书籍铺就打了广告：冬至日推出全

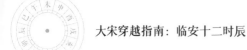

新雕版的《抱朴子·内篇》。绍兴年间（1131—1162），荣六郎就出版过这套书，将近一百年过去了，荣大郎专程找了书法名家来写文字，让吴果照着名家写本雕刻一批质量上乘的印版，印制了这套书法秀丽、纸墨清朗、写刻俱佳的《抱朴子·内篇》。南宋时的杭州是全国最重要的刻书中心，这里制作的"杭本"多崇尚欧体，字体方整秀丽、刻工细腻圆润、版面整齐疏朗，纸白墨莹，校勘精细。荣大郎的目标就是让自家的书成为"杭本"的代表。

荣启虽然不是刻书高手，但他是个营销"鬼才"。他早早就制订了宣传计划，请了一班瓦子艺人在书铺门口奏乐，同时演唱叫卖新书的曲子——融合了市井新闻和图书卖点的新编太平歌。而他自己，就在曲乐的环绕声中借着说唱卖起了书，俨然"直播带货"。在荣启心中，睦亲坊陈宅书籍铺的当家人陈起是个商业奇才，也是他经营荣家书铺的学习榜样。

荣大郎瞧不上"直播带货"这一套，但看见儿子招来了一大批客人，也笑得合不拢嘴，心想：这要是卖得好就能开分店了，是开在宗学、太学附近，好贴近顾客呢，还是开在运河码头，方便进出货呢？他想着，翻起了新上市的《抱朴子·内篇》。

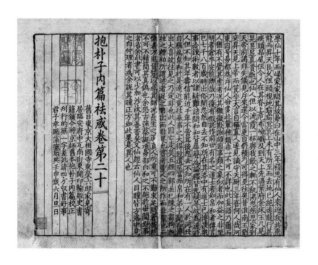

南宋临安府荣六郎刻本《抱朴子·内篇》（卷尾可见荣六郎牌记。辽宁省图书馆藏，引自姜青青著《遇见宋版书》，浙江摄影出版社 2019年出版）

这是一套蝴蝶装的皮纸书，每一页都制作精美，在两页书拼合的中间偏下位置写着刻书工匠负责人的名字，最后是牌记，也就是版权页，写着："旧日东京大相国寺东荣六郎家，见寄居临安府中瓦南街东，开印输经史书籍铺，今将京师旧本《抱朴子·内篇》校正刊行，的无一字差讹，请四方收书好事君子幸赐藻鉴。"这牌记和百年前的一样，只不过书中除了葛洪的原著内容，还有许多评论诗——这是荣大郎组织一批当红诗人专门写的。

这一翻，翻出了他的恐惧，他顿时想起了陈起。

陈起是临安著名的刻书家，他的棚桥陈宅书籍铺是临安最出名的书铺，不仅有旗舰店，还有许多家分店。这是个奇人。面向读书人的应试教辅和面向普通百姓的话本、园艺种植等通俗书，他都瞧不上。唐宋文豪诗集和金石书画艺术图书才是他出版的重点。多亏了他，后人才能读到流传至今的五万多首唐诗。他曾在宋宁宗时考中乡试第一名，也就是解元。但他也只是在书铺招牌上加了个"陈解元"的字样打广告，还是一心做书。

可惜，几年前陈起卷入了一桩"文字狱"

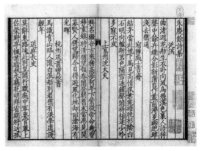

南宋临安府陈宅书籍铺刻本《唐女郎鱼玄机诗集》（卷末。中国国家图书馆藏。引自姜青青著《遇见宋版书》，浙江摄影出版社2019年出版）

南宋临安府陈宅经籍铺刻本《朱庆馀诗集》（书影，该刻本是宋版书中的翘楚之作。中国国家图书馆藏。引自姜青青著《遇见宋版书》，浙江摄影出版社2019年出版）

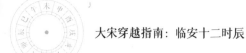

《李群玉诗集》（书影。台北"中央研究院历史语言研究所"。引自姜青青著《遇见宋版书》，浙江摄影出版社 2019 年出版）

案，官府说他家刊印的《江湖集》讽刺朝政，抓了他。最终，他的家产被抄没、印版被毁，人也差点被流放。虽然现在陈起还侥幸活着，但一代名店就这样败落了。

荣大郎翻着书，回想起算命先生的占卜，忽然就"魔怔"了："《抱朴子·内篇》里的评论诗该不会有问题？会不会有人也想要罗织文字狱来谋害我？"他猜想，也许这里面就隐藏着灾祸。

于是，他赶走了瓦子艺人，让大家把书都搬进书铺，又把书铺后面作坊里的刻书工匠都喊过来，让他们一个字一个字地检查新书里的每一首评论诗。其实，临安的新书在印刷上市之前，都要把书样呈送到专门官衙进行逐字逐行的校勘审核，只有审核通过的书籍才能售卖。这套书早已过审了，可荣大郎还是不放心。

书是连夜印刷好的，本来今天打了广告能卖掉好些，也有很大一部分会被送去订购新书的别家书铺分销。现在好了，书都堆在荣大郎的书铺里，屋里几乎没有落脚的地方了。

冬至前几天，连着下了几天雪，昨夜又是一场大雪，连西湖都结冰了。天地间上下一白，冻得人直打哆嗦。许多店铺在冬至前后三日都关了门，宴饮赌博，这叫"做节"。临安人家习惯在冬至这天煮馄饨祭祀祖先，荣大郎也不例外，还把祭祀后的馄饨分给刻书工匠们吃了暖身体。只是这馄饨钱是要在匠人的饮食费里扣的。

午时，荣六郎书籍铺大门紧锁，屋里塞满了书和查书的刻书工匠。天寒地冻，有人受不住了，点了一个烧炭的大火盆，这才让屋里有了些许暖意。大火盆没烧多久就被一个人不慎踩翻了，火星舔着书页在屋里蹿，顿时火光四起！

"走水啦！"工匠们呼喊着冲出书铺，有人拎起防火的水桶，有人抱来道边的积雪，乌拉拉地扑向失火处……幸好发现及时，在潜火兵赶到之前，

（传）南宋·刘松年《溪山雪意图》（大都会艺术博物馆藏，图中可见雪景）

宋·钱选《西湖吟趣图》（北京故宫博物院藏，局部，画中可见火盆）

火就被扑灭了。

　　书铺里一片狼藉，尤其是堆在地上待检查的新刊《抱朴子·内篇》，许多都在火中化成了焦炭。一起化成焦炭的，还有两盘蜡做的活字、三块名家书写的印版、一叠"袖珍小抄书"巾箱本……荣大郎看着满屋焦炭，气得捶胸顿足，这烧掉了多少钱啊！他感受到了实实在在的痛苦，手也抖了，腿也软了，心想：难道这就是算命先生说的"黑无常"上门？

　　雪上加霜的是，周官人书籍铺预订的上千本新书和数十张木刻印刷的纸质旅游地图，在众人灭火的时候湿透了。破碎的雪球在书堆里慢慢融化，在荣大郎眼里像极了融掉的银子。

　　"哎呀，这些都是今天就要送过去的，人家付定金了。不能按时送去可是要赔好大一笔钱的啊！"荣大郎拿着硬碰，心疼地看着被打湿弄脏的书。书堆里的雪球碎块白得刺眼，他怔怔地想：难道这就是"白无常"？

无论如何也来不及印刷新书了，他顿时觉得视线有些模糊，脑子也有些混沌，赶紧用了一些眼药水。这药水冻得他一激灵，然后清醒地听到荣启在说："爹，这钱是赔不起了，现钱不够啊！你忘啦，今天还要给人送润笔费！"

他想起来了，自己早就和供稿的作者们都说好了，要在冬至发润笔费，也就是稿酬。书铺流通的现钱就那么多，是拿来发稿费还是付赔偿金？

周官人书籍铺不刻书、印书，只卖书，为了冬至日的新书《抱朴子·内篇》火热上市，早就做足了宣传，没了书损失可不小。若是不付赔偿金，不仅会丢了这个大客户，还会影响书铺的诚信口碑。临安书铺之间的竞争格外激烈，稍有不慎就容易被比下去。

可要是不付润笔费得罪了作者，照样不好。

思来想去，荣大郎还是决定挨个儿去拜访合作的作者们，看能否晚些日子发稿费。一圈跑下来有些人爽快地答应了，说等到明年再给都可以，毕竟写诗作文只是副业，润笔费也不过是意外之财，主业还是为官做宰；有些人仕途无门，漂泊江湖，全靠卖文为生；出过畅销书的衣食无忧，不在乎一时的润笔费；有的专盯着这钱过节过年，甚至要养活一大家子，也就格外计较；有一些人名气不大，架子却不小，不缺钱但也不肯通融，定要在约定的日子拿到钱……

荣大郎虽然是个守财奴，可从未克扣或是拖欠过稿费。他也不忍心看一些穷酸作者因为这点钱愈加窘迫，一趟跑下来，没说成几个，倒发出去不少稿费。

每日，荣大郎总要在院子里捶丸（宋朝的"高尔夫"），年轻时长期伏案刻书，落下了一身毛病，就靠着捶丸来松活筋骨。今天他奔波了一个时辰，回到家里得知荣启也问了一些亲友，就是借不来钱。书铺陷入困境，他也无心捶丸了，只是枯坐在屋里数着铜板找安慰。

南宋·佚名《蕉荫击球图》（北京故宫博物院藏，局部，图中可见小儿捶丸）

"祖传的书铺不会就这样完了吧？"荣大郎抱着最后的希望去了周官人书籍铺。这家店就坐落在猫儿桥河东岸的开笺纸马铺钟家的隔壁。

周官人书籍铺是荣大郎的老顾客了，常年在荣家订购各类新书。荣大郎心想他也许还能通融通融。

周官人个矮又干瘦，是个精明人。他听荣大郎说了原委，当即表示："好说，赔偿金晚些给，可以。甚至不给，都行。只是……"

"只是什么？"

"你得帮我做一件事。对你们来说，这事很容易。"

"什么事？"荣大郎跟着进了周官人书籍铺后院的一处隐蔽茅屋，那里面堆着一些皮纸、竹纸和各类印版，他恍然大悟，"你家铺子从不刻书、印书，竟有这些。你该不会是……要让我盗印别家的书吧？"

"我不干！"荣大郎义愤填膺，甩手就要往外走。临安书市繁荣，许多奸商做起了盗版生意。这些盗版书让正规书铺和作者都十分头疼。虽说可以向官府申请版权保护，一旦发现侵权，能请官府出面追毁盗版书，但市面上的盗版现象总是层出不穷。荣大郎从小爱书，将做书视为崇高的事业，无论如何也不愿做盗版书。

"什么盗印图书，我是要让你们做这个……"周官人从篮子里拿出一沓特种纸和一块裂开的梨木印版。荣大郎拿着碋碟仔细一看，说："这是……会子版和印了一半的会子纸？"

北宋·张择端《清明上河图》（北京故宫博物院藏，局部，图中可见"王家纸马铺"）

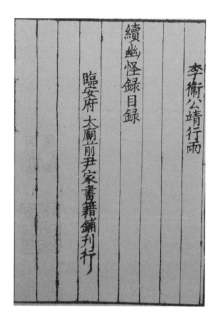

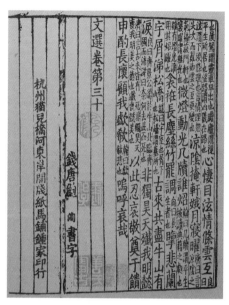

南宋临安府尹家书籍铺刊本《续幽怪录》（中国国家图书馆藏，目录后有"临安府太庙前尹家书籍铺刊行"牌记）

南宋初杭州开笺纸马铺钟家刊本《五臣注文选》（卷末有"杭州猫儿桥河东岸开笺纸马铺钟家印行"，末卷藏中国国家图书馆）

"你要我伪造会子？"荣大郎愣住了，他爱钱，巴不得临安的每一张会子都属于他，但从未想过造假钱。他茫然地听周官人说："对，你们帮我印完这一批，不仅赔偿金两清，我还能给你一大笔钱。我本来也打算找你合作的，尤其要让你们书铺的吴果来做这事。只是今天出了点状况，有些棘手，刚巧你又来了。"

"这可是大罪……"荣大郎打起了哆嗦，"再说会子都是多色套版印刷的，图案复杂，还要盖官印，这些可太难伪造了。"

周官人打断了他："我上面有人，该有的材料都有。你和吴果赶紧开始干吧。"

"我可没答应……"

"你要不肯，就立刻拿赔偿金来，一文钱也不能少。而且，你知道了我的事，还想全身而退？做梦！你不干我就到官府举报你伪造会子，反正我上面有人。只会抓你，不会抓我。"周官人说着，又换了一副嘴脸，"放心，就这一回，神不知鬼不觉。你只要干，什么事也不会有，我上面有人。"

荣大郎动摇了。他不希望自己的书铺倒闭，只要不出事，他也不介意伪造会子，反正就是刻印一些图纸而已。

荣大郎心事重重地回到家。不一会儿，周官人书籍铺派来了一个又聋又哑的老婆婆，她给荣大郎留下了几箱东西就走了。荣大郎心领神会，这是用来伪造会子的材料。

没有花费多少工夫，他就说服了吴果。毕竟吴果是书铺里出了名的呆头工匠，好像除了刻书，再也没有别的事能引起他的兴趣，而且吴果和荣家人的关系很不一般，荣启称呼他"吴阿翁"，荣大郎则叫他"吴老爹"。吴果的多色套印技术远近闻名。

他们找了一间隐蔽的屋子。

原有的会子版已经开裂不能用了，吴果根据它和印了一半的会子纸，用梨木雕了一块新的印版，上面有一贯会子的大致图案和商朝名相伊尹的人物图。他拿着这块印版和靛青、土朱、棕墨等印刷颜料，印出了半成品的会子。接着，他又用周官人不知从何处找来的三块套色版——分别为篆书"壹贯文省"、青花图案的两个会子发行字号、会子专典官的三个花押字，完成了最后的套印工作，一张一贯钱的会子就印好了。

这一切除了荣大郎和吴果，无人知晓。荣大郎尤其想要瞒过荣启，他知道自己的儿子不是个藏得住事儿的人，早早就支开了荣启。这会儿，荣启想着受损的书扔了也可惜，就在书铺门口搬了秤，吆喝着卖书，正忙着呢。

转瞬到了戌时，一条新闻在御街的商户之间传开了。大家都说，周官人

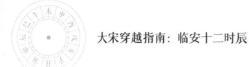

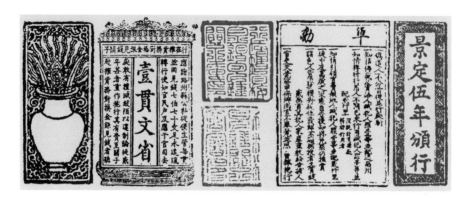

南宋关子钞版部分套版拓图（拼图未及比例关系。引自安徽省钱币学会主编《东至关子钞版暨两宋纸币》，黄山书社 2005 年出版。多色套印技术，是一种在雕版印刷的基础上形成的复杂精妙的印刷术，也是世界上最早的彩色印刷术，更是印刷纸币必不可少的技术）

书籍铺伪造会子，周官人已经被抓了。原来，之前有个技艺高超的刻书工匠被周官人关了起来专门印钱，今天早上这人跑了，去官府揭发了周官人。现在，官府已经派人在周官人书籍铺搜查了，后面指定要把参与者都揪出来。

听到这个新闻，荣大郎吓得魂飞魄散，连叆叇都掉在地上跌坏了。他连滚带爬地回到伪造纸币的屋子，将吴果赶了出去，低声交代：“这件事，谁也不能说，连荣启也不行。你什么都不知道。”

砰的一声，荣大郎锁了门就一个人在屋子里坐着，烧起了会子纸、梨木印版、套色版和一筐印了一半的会子。火光映得他满脸通红，他终于明白这才是真正的灭顶之灾，始作俑者竟是自己。他忍不住流泪了，自言自语道：“想当年，‘荣六郎书籍铺’的招牌也是响当当的，到了我爹那儿就败落了。多

亏了吴老爹出众的刻书手艺，书铺才慢慢得以复兴。现在，又要毁在我手里了？"

荣大郎看着火炉中燃烧的假会子，焦灼地想着出路，他不能让书铺毁在自己手里。

屋门忽然被踹开了，荣启和吴果闯了进来。一向憨头憨脑的吴果抢先说道："我和小郎君都说了。假会子是我做的，把我交到官府去吧，就说我瞒着你们偷偷干的。"

"不行！"荣大郎和荣启同时喊道。吴果说："就这么办。还记得我小时候跟着我阿翁走街串巷卖杂物，有一次在中瓦子里买了本《大唐三藏取经诗话》，从此就着了魔似的想刻书。我阿翁不过是个老货郎，哪有什么朋友？除了李老翁，只有荣阿翁。荣阿翁还好心教我刻书，圆了我的痴心妄想。后来，我阿翁走了，也是荣阿翁收留了我，将我当作亲孙儿养。你曾祖父、你祖父、你爹，还有你和小郎君，哪一个不是把我当自家人？唉，就照我说的办吧。"他说着就要去官府自首。荣大郎拉着他，哭道："都是我造的孽啊，要不是我起了贪念，也不会摊上这样的祸事。我去，我去自首！"

"还是我去吧，书铺得有镇店的老匠人，不能没有你们。反正我也不擅长刻书，我去最合适！"荣启一溜烟跑出了门，谁也没拉住他。

荣大郎和吴果哭着追出门，见荣启忽然在街边站住了。门前，一群人都在议论着："好家伙，那茅草屋顶掉下来，生生将周官人砸成了傻子，他现在谁也认不得了，也不说话，净傻笑。"

这几天接连下雪，许多人家的屋顶上都堆了厚厚的积雪。周官人为了掩人耳目，悄悄把家里的一间破茅屋改成了伪造会子的小作坊。官府去抓人的时候，他就在那屋子里做发财梦，没来得及跑就被逮住了，嘴里喊着："别抓我，我上面有人！上面有人！"官差一听，三五个噌的一声就上了房梁抓人，可上面啥也没有，倒是老旧的茅屋顶一下子塌了，正巧砸中了下面的周官人。

不用去自首了，荣大郎松了口气，当即决定要把剩下的现钱都散给穷人。每到雪天和年节，临安官府和一些贵家富室总会发钱米给贫民。吝啬的荣大郎从未做过这样的善事，这是破天荒头一回。

他赶紧让荣启连夜去找算命的孙自虚，认定这是个神算子，想再找他来好好算一算天机。

荣启带着孙自虚来了。那孙自虚早被荣启警告了一回，吓破了胆，一见到荣大郎就连连说："假的，都是假的。我今天一早在橘园亭文籍书房，听人议论你家书铺的长短，说到吴果又说到荣启，这才打定主意来骗钱的。"

"可你进了铺子，怎么就知道我用手指的人是谁？"

"察言观色呀！"

"但你算出来我是用左手刻书的，这可没什么人知道！"

"不是左手就是右手嘛。我寻思着常人都用右手，也不会问这个问题，就随便猜个左手，果然蒙对了！"

"那黑白无常？"

"咳，我胡扯的，不说些神神道道的，你怎么会心甘情愿掏钱嘛。"

荣大郎一脸苦笑，自己这一天的倒霉事都是因为算命，疑心生暗鬼，平白招惹来的。

书会先生
常年收刀片的编剧

咸淳年间（1265—1274）的一个雨雪天，四十五岁的周二郎做了一整夜"状元及第"的美梦。最后，他梦到有人掐住了他的脖子，提醒道"该还钱了"。

"别、别杀我！"他冒着冷汗惊醒了。

黑暗中，周二郎颤抖着，只有心爱的虎斑猫"嘉庆子"让他感到些许温暖。没有千钟粟，没有黄金屋，没有颜如玉，有的只是一间漏风漏雨的小阁楼。楼里的他，是个在书会中撰写文艺脚本的书会先生（即宋朝的编剧）。

这会儿，一个头陀敲着木鱼沿路喊道："雨！"

周二郎穿上蓑衣、箬笠和木屐，抱着猫儿和一个油纸包，冒雨出城了。油纸里包着的是他仅剩的财产——新写的话本《白娘子永镇雷峰塔》，他要拿它到净慈寺的长生库做抵押，借点钱，好去还裴老质库的贷款。长生库是南宋佛寺经营借贷业务的机构，它的资金来源既有捐助、存款，也有经营所得。质库，又叫解库，是宋朝的"典当铺"。

负债累累的中年人，为了几枚铜板奔走红尘，早就忘了自己曾经是个书生。少年时家贫，为了买书、求学、赶考，借了些钱。后来实在考不上科举，就去当了书会先生，过得也是捉襟见肘，常常要靠借贷度日，负债越来越多。

雨天路滑，周二郎艰难地走到了净慈寺，把爱猫交给一个扫地老人，顾不上喘口气就去找长生库的掌事和尚了。临安的许多大寺庙都设置了长生库，把钱借给百姓获取利息。掌事和尚娴熟地问他："用什么做抵押？"

他还没说话，脸先红了，说："大师父，我这有个新话本。"

掌事和尚"哦"了一声，停下手中的笔。

"施主，"掌事和尚微笑着说，"真不能再用话本做抵押物了。"

（传）南宋·李嵩《西湖清趣图》（弗利尔美术馆藏，局部，图中可见雷峰塔）

"我这个故事很不错的，你要不听听……"

"施主从前用话本借过几回长生库，不是延期就是还不上。我佛慈悲，没有计较过，现在不能再借了，寺院里也要钱来点长明灯和买度牒的。"

"就一回，再通融一回……"

"施主近日去了好几家寺院吧？都支不出钱来是不是？鄙寺真的不能再借了。"掌事和尚遗憾地摇摇头，又说，"今天一早来借钱和存钱的香客很多，恕不接待了。"

向净慈寺长生库借钱是周二郎最后的办法了。借不到钱，就还不上裴老质库的贷款，裴老可是个惹不起的人物。听说，他原本只是个乞丐，靠一些见不得人的勾当发了财，开了质库。即便家财万贯，在地上看到一文钱，他都要说着"我的亲儿啊"，小心地把钱捡起来，摸了又摸，最后藏到贴着心脏的钱袋子里。谁要敢欠他的钱不还，哪怕是一文钱，都有可能丢性命——他养了一大帮专门催债的闲人，许多是亡命之徒。

周二郎本不想问他借钱。但是，他辗转各家寺院的长生库以贷还贷，实在借不到钱了，才以更高的利息借了裴老质库的钱。他见到裴老的时候，总觉得似曾相识，也许那

（传）北宋·范宽《雪山萧寺图》（台北故宫博物院藏）

宋·赵佶《耄耋图》（台北故宫博物院藏，局部）

就是债主都有的令人胆寒的脸。

想着、走着，周二郎从寺庙出来，下台阶的时候脚下一个不留神踩空——脚崴了，随身带的湖笔折了，油纸包的话本散了一地。他在泥地里捡话本纸的模样，像极了一条四窜的饥寒交迫的落水狗。看到那管赖以谋生但刚被折坏的湖笔，他绷不住了，脸像熔化的蜡烛一样垮了，哭道："唉，又得花钱买新的了，本来就没钱！活不下去了啊……"

一个平日里唯唯诺诺、在人前大气都不敢喘一口、格外在意世俗眼光的体面人，一个大男人，这一刻在寺庙门前哭成了泪人，五官扭曲的样子真是丑极了。

今天日落前就得还裴老质库的钱。

周二郎的爱猫从寺院里蹿出来，跃到了他的肩膀上，喵喵叫着。"嘉庆子，你是在安慰我吗？"他感受到了熟悉的温暖，他不想丢了性命，还需要用这条命去写更多的故事，甚至参加科举。求死还不容易？眼下还是要努力活下去，无论如何都要弄到钱。

一个身上挂着傀儡面具的人，喜滋滋地从寺院里出来，手里拿着一张长生库帖，那是存钱的凭证。周二郎一看，那不是大瓦子里的勾栏艺人吗？他们的耿家杂剧班可是消失了好长一段时间，周二郎以为这伙人早跑了。

"愣头耿！"他叫了一声，看见那人回头，又说，"好久不见，你们去哪儿了？"

"是你啊，怎么坐地上？"那人诧异地问，又骄傲地说，"我们到宫里演出去了，才出宫的。这会儿忙着呢，告辞！"说完就跑了。

周二郎似乎想到了什么，一个鲤鱼打挺从泥地里起身，拍了拍衣裳。他的冬袄摔破了一角，夹层里塞的废纸像小雪花一样洒了

南宋·佚名《戏猫图》（台北故宫博物院藏）

出来，他就在这场"飞雪"中小跑着下山、回城。

"这是……《眼药酸》？"周二郎赶到大瓦子，发现耿家杂剧班正在一座勾栏里演他写的杂剧。他鼻子一酸，坐在台下当起了观众。

周二郎长相粗犷，心思却细腻又敏感。台上的"副净色"扮演的是一个酸腐读书人，他背着一个画满眼睛的布袋，向"副末色"扮演的眼病患者兜售一瓶眼药，场面颇具喜感，引得台下笑声不断。可是周二郎却为自己笔下

南宋·佚名《杂剧〈卖眼药〉图》(北京故宫博物院藏，有专家认为这是官本杂剧中的《眼药酸》。宋杂剧是一种融合滑稽戏、歌舞戏的综合戏剧艺术。南宋杂剧的情节，分为艳段、正本、杂扮三部分。艳段，是正本开始前的一段简短的暖场演出；正本是杂剧的主要部分；杂扮，是一种剧情简单、逗人发笑的小戏，一般放在正本之后，作为送客演出。宋杂剧一般有末泥、引戏、副净、副末、装孤这五个角色，它们是后世京剧中"生、旦、净、末、丑"的前身，宋杂剧也可说是现代戏曲的雏形)

这个卖眼药的读书人痛哭流涕，有一瞬间甚至觉得自己就是剧中人，叹息道："能考得中科举，谁愿意去卖眼药呢？"若不是还有急事要做，他真想像往常一样"下剧组"，也到台上演一回卖眼药的人。

熬到散场。

周二郎在台下拦住了头戴一枝花的"末泥色"艺人、耿家杂剧班的班主耿七，扭捏了一会儿，终于开口了："耿班主，那个、那个，我写的《眼药酸》等十部杂剧，你们是不是，是不是太忙忘记算钱给我了？"

"你说这个啊，我没忘，只是我们杂剧班最近实在缺这个钱。等等，劳烦再等等。"耿七云淡风轻地说。

"听说你们到宫里演去了，得了不少赏赐呢。我还看见'愣头耿'，哦，耿十三，到净慈寺长生库存钱去了……"周二郎涨红了脸。

"哦，那是年后买戏装和诸般道具的活命钱，没法给你。而且我们存的

白沙宋墓壁画《伎乐》（描绘的可能是勾栏瓦子的演出场景）

都是定了死期的，不到日子也取不出来啊。"

"能不能……"

"现在真不能，我们日赚多少贯，能赖了你这点小账？放心放心。"耿七显出不高兴的样子，"再说了，你的《眼药酸》看的人少啊，大家现在不爱看这类剧了。有时候我们演一回《眼药酸》都只能以很低的价钱卖票，亏大发了。眼下也是为了保持种类丰富，才偶尔演一回这剧。我们也很难的，都是做营生的是不是？"

"抱歉，抱歉……"周二郎面露愧色。他心想：糟了，问题在我这儿，是我拖累了人家，怎么还有脸来要钱？真不该开这个口。

耿七见状收起怒容，换了笑容，说："二郎才高八斗，大家有目共睹。要不，你试着写写永嘉杂剧？现在最时新的。"

"永嘉杂剧？"周二郎想起来了，不久前太学生黄可道创作的戏文《王焕》正风靡临安城。要是有机会，他也想写南曲戏文，可眼下他有没有命还不好说，凑钱还债活下去是第一要紧事。事到如今，他不是没有努力过——把仅有的一件体面衣裳当了；以很低的稿费签了新杂剧的创作契约书，拿了少得可怜的预付款；跑遍临安的瓦子，挨个儿找主顾们支付拖欠的稿费……

"老天，你要拿我怎么样？"他感到心力交瘁，要不是他投钱的蒋家戏班卷了他的全部身家跑路，害他没有半点周转的钱，他也不会还不上裴老质库的贷款。别人是"我不理财，财不理我"，而他是"我不理财，财不离我"。

耿七看着周二郎可怜，好心提醒他："这会儿，好些书会名公都在蒋检阅茶肆呢。要是能被他们相中，合作写几个本子，也能换点钱。"

午时，周二郎到了熟悉的蒋检阅茶肆。每到冬天，因为家里烧不起炭火，他隔三岔五就到这里写稿，点一碗热腾腾的茶汤，喝到冷透为止。蒋检阅茶肆是高档茶坊，夏季有冰山解暑，冬季有炭火取暖，茶博士也不会主动赶穷酸客人。

眼下，这里聚集了来自九山书会、永嘉书会、古杭书会、武林书会的名公，俨然是宋朝知名编剧的大聚会。还有许多攥着钱来捞钱的投资人——瓦子戏班的当家人、开质库的商人、不愿具名的高官、躲在幕后的皇亲、腰缠万贯的土财主……

"成都书生张协进京赶考，半路上遇盗受了伤，幸好在古庙中被王贫女救了，两人成了夫妻。后来，张协考中状元，枢密使王德用想招他当女婿，他拒绝了，但也赶走了进京寻夫的王贫女。直到王贫女成了王德用的义女，这才与张协破镜重圆。"

周二郎出神地听着，这是九山书会的先生们依据《状元张叶传》诸宫调改编的南曲戏文《张协状元》。有人从背后拍了一下他，他抱着脑袋求饶："别打我，我一定还钱！"回头一看，竟是老朋友王六官人，也是个书会先生。

"你怎么穿得破破烂烂的？"王六官人嬉笑着，理了理自己同样破烂但干净的衣裳，问，"你，还有钱吃口热乎的不？"

"我就喜欢穿这个纸衣，什么绫罗绸缎，不喜欢，不需要。"周二郎难得舒心地笑了，问道，"你写过戏文没有？我看过，但从未写过。"

王六官人摇摇头。南戏的舞台上，有时是一个角色独唱一曲，有时是几个角色合唱一曲，甚至"丑"和"末"都有唱的戏份——这与杂剧很不同，杂剧主要是由一个角色负责唱。在轻柔婉转的南曲乐声中，舞台上的角色们上上下下，一场又一场的戏也就演下去了。南戏的一场叫一出，一本南戏多的可以有几十出戏。此时，杂剧已经开始没落，而南戏融合了杂剧的特点，正在蓬勃兴起。

蒋检阅茶肆里坐满了书会名公和等着采买故事的主顾们。周二郎为了凑

清书坊金谷园刊本《贯华堂第六才子书——西厢记》中的版画插图（南戏是一种综合了宋杂剧、诸宫调、宋词、唱赚等艺术形式的比较成熟的戏曲，也叫温州杂剧。南戏演出的剧本叫南曲戏文。元代王实甫的《西厢记》由金代董解元的《西厢记诸宫调》改编而成）

钱，想了个主意。他是个腼腆害羞的人，不爱在人前说话，但他能想能写，很快在脑海中构思好了一个口才绝佳的"社牛"编剧周炎。而他就要在眼下这个大场面里去扮演这个周炎。

他的脑子里装着许多故事。他灵机一动，根据当时流传的赵贞女和蔡二郎的故事编了一出南曲戏文，这也是个书生负心的故事。"周炎"面无惧色地站到人群中间，手舞足蹈演说着自己创作的故事，演得不错，可故事没有打动看客，人们喝着倒彩让他离开。

"我还有乐昌公主破镜重圆的戏文……"他还想再说，但没人再听他的话了。攥着钱的主顾们都围着那些写出过热门戏文的书会名公转来转去，哪里有人看得上周二郎呢？

周二郎永远不会知道，直到元朝至正年间，一个叫高明的文人才真正写好了赵贞女的故事，这就是著名的南戏《琵琶记》。

茶肆里人声鼎沸，而周二郎站在一个角落，无人问津。

为了果腹，他写话本、写杂剧、写商谜，写稿的时间总是很紧张。赶时间而写的故事常常没有太大的市场，只能换来一点糊口的钱。有一次，他揣摩着瓦子看客们的喜好，顺着他们的心思写了一个故事：一个穷汉靠着在闹鬼废宅里挖出的一坛子窖藏珍宝发家致富，又因为为富不仁而家破人亡。穷人逆袭、天降横财、富家败落，爽文的种种卖点都有，总该火了吧？结果呢，本子既不叫好又不叫座，遭到了不少看客的谩骂。甚至有人不知道从哪里问到他的住址，在他家门口摆了一把新磨光的菜刀，警告他不要把这个好不容易翻身的穷汉写死。他怕了，但并不想为这种他瞧不起的反面角色改写命运，生生在外躲了好几天。

"嘉庆子，你说像我这样的人，哪能随心所欲地花大把时间写一个好故事？可总写半吊子故事，我是成不了名的……"周二郎对着爱猫嘀咕了几句，抒发完惆怅还得面对现实：眼下，上哪儿找钱？

"来晚了，来晚了！"茶铺里来了一个人，未见其人，先闻其声。

等那声音越来越近了，周二郎看清这是多年前和自己在同一个书会的贾廿二郎。相识之时，二人都是落魄穷书生。贾廿二郎最喜欢写商谜脚本，而这是周二郎最不擅长的。他们和王六官人曾经是好朋友，周、贾二人更是形影不离。后来，贾廿二郎离开书会，大家才知道他根本不穷，是一位富得流油的刻书商人，只因爱写故事，才到瓦子里当书会先生，纯粹是体验一把穷苦人的日子。他把自己创作的话本、杂剧、戏文都刊刻成书出版了，卖得好不好倒是次要，这个瘾算是过了。

好久不见，贾廿二郎也到茶汤铺物色书会先生和新故事，投钱来了。周二郎忐忑地想："兴许能问他借一点？本不该开这个口，但真是没办法了。"

谁料，他悄悄一问，贾廿二郎想也没想就爽快答应了，拍着胸脯说："是朋友就别这么客气，我们俩谁跟谁啊。你什么时候要？尽管说！"

"这个，日落前能不能……"

"这么着急啊，日落前给不了，太赶了。"

"确实，确实，"周二郎的声音小得像蚊子叫，"我问得也突然……"

"不过，你戌时到我家，我给你备好。"贾廿二郎随手写了一个地址"橘园亭文籍书房贾宅经铺"，递给周二郎后，扭头又扎进了人堆里。

周二郎又惊又喜：借到钱了，能活命了？只是日落前就得还债，怎么办？他转念一想，中间也就隔一个时辰，要么就找"无忧洞"借点钱周转，反正一个时辰也没多少利息。

"无忧洞"是建在仙林寺桥下的一家地下质库，专做高利贷生意，装修奢华，俨然一个花园酒店。周二郎进了"无忧洞"，立刻就有质库掌事来迎接。

"没有抵押物？还只借一个时辰？"原本客气周到的质库掌事听了周二郎的情况，顿时变了语气，轻蔑地说，"没有抵押物，可以用人身抵押。但我们这至少一个月起借，没有就借一个时辰的做法。"

"一个月？哎呀，我也还不起……能不能，求你行行好……"周二郎抱着爱猫，几乎要跪下了，"嘉庆子"也喵喵叫着。

"你这虎斑猫怪可爱的……就借一个时辰也行。借一个月，到期还不了的话，你就卖身为奴三十年。借一个时辰的话，还不了，你就在这里干一辈子的活儿吧，我们刚好缺一个记账先生。另外，你写本子挣的钱也都归我们。怎么样？"

宋朝法律禁止以人为质来借贷，但周二郎管不了那么多，答应了。他相信贾廿二郎，他们之间有着过命的交情。借了"无忧洞"的高利贷，赶在日落前还了裴老的钱，周二郎悬了好几天的心总算是放下了。

小雨淅沥沥下了一天，戌时，天空下起了雪。在去往橘园亭文籍书房贾宅的路上，周二郎回忆着与贾廿二郎在台上表演商谜的过往。商谜，是一种鼓乐伴奏、以猜谜斗智为内容的说唱艺术。当年，周二郎是出谜语的"商者"，贾廿二郎是猜谜语的"来客"，他们之间有问有答，在言语中斗智。为了增

宋·陈元靓等编《新编纂图增类群书类要事林广记》(内页,书中的唱赚图)

加滑稽效果,"商者"有意出难题讥笑"来客",而"来客"也会假装难猜来愚弄"商者",一来一往,有说有唱,笑料频出。

这温馨的记忆让周二郎心旷神怡:"雪夜访友,快哉!"

可没过多久,他就再也快乐不起来了。

"你说廿二郎连夜出远门了,得三五个月才能回来?"周二郎站在贾家门口,不敢相信。别说三五个月,就是两个时辰他都等不起,只好又问:"廿……贾员外,有没有托你把什么东西交给我,定是有的吧?"

"没有,没有,要下大雪了,快走吧。"

周二郎踉跄了两步,分明听见几个刻书工匠格外大声地议论着,生怕他听不清:"一个穷酸想来攀贾员外的高枝?多久没联系了,上来就借钱?要不要脸哪。我们贾员外好心,才与他客套几句,他倒当真了。多大一笔钱,说借就借,真当贾员外是财神啊?"

这定是贾廿二郎交代他们说的话,周二郎失神地对"嘉庆子"说:"你说,他是不是一开始就不想借呢?谁都怕穷鬼缠身,可是他直接拒绝我就好了啊,

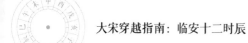

我现在没有路了……没有路了……"

天更冷了。

大雪夜，路上的行人嬉笑欢歌，到处都很热闹。周二郎抱着猫，在雪地里站成了雪人。有牛车嫌他占道，一鞭子催他快走。他一路走一路哭，几十年前，少年的他也曾在这样的雪地里背着书箱一路走一路哭。

他五岁学唐诗，七岁通宋词，十岁便是人见人夸的小神童。那时候，他母亲常常借长生库的钱，给他买书、求学，虽然苦点，但充满希望，总觉得他有一天能出人头地。但他考科举一次次落榜，只好写故事谋生。好不容易写了几个火遍勾栏的好故事，可主顾蒋家戏班不仅没给他署名，还卷钱跑了，一文稿费都没拿到，连投进去的老本也没了。

到了这把年纪，没有钱、没有房子、没有小驴车，只能租得起一间小阁楼，自然也成不了家。他认定自己要孤老余生了，"嘉庆子"就是他唯一的家人。

这是何等惨淡的人生？他只求没有负债的温饱，连这个愿望也不能实现。

好像走了千百年那样久，周二郎终于回到了睦亲坊。坊内聚集着许多书店，意气风发的书生们穿梭在书铺之间，好像有无限的未来。周二郎饿得清醒了几分，他捏了捏钱袋里仅有的一点钱，又看看冻得发抖的爱猫，忽然抓起路边的雪啃了几口，转身到路边铺子用剩下的钱买了炭火，回了小阁楼。

小阁楼是一间小书铺的顶楼库房，它的主人是著名刻书商人荣六郎的后代荣三省。周二郎进了书铺，踩着梯子正要上阁楼，那荣三省热络地与他闲聊："快过年了就是好啊，铺子里收回不少书钱呢。"

周二郎动了心思，满脸通红地发着抖问他："我手头有些紧，那个钱，能不能……"

"哎呀，我当你支支吾吾要说什么呢。那几个月的房钱不急着还，这个月也先欠着，不要紧，大过年的。"

是啊，已经受了人家这么多恩惠了，怎么好意思再开口借钱？周二郎挤出一个难看的笑容，说："那就多谢荣员外了！有事尽管招呼我。"

小阁楼里，周二郎抱着暖和的爱猫昏昏欲睡。虽然即将失去自由身，但至少这一个雪夜，他和狸奴可以自由地窝在一起，不用再出门了。

雪越下越大，忽然他那漏风的阁楼窗户被狠狠砸了一下，不知什么东西掉进了屋里。每到雪夜，临安的富贵人家常常派心腹把银子凿成一两、半两，用纸包着扔到穷人家的窗户里、门缝内。周二郎心想，难道自己也被富人的善心砸中了？

他在黑暗中摸起地上的东西，凑到窗前就着雪夜里的灯笼光亮一看，是石头吊着一团纸。"呵，不是银子。"他懒洋洋地打开纸团，吓了一跳——里面有两张纸，一张纸是净慈寺存钱的长生库帖，另一张上写了几句话："好小子，你和廿二郎说悄悄话也不带上我，我看到他留的地址了。你们瞒着我聚会，我本想偷偷跟去捉弄你们，谁料……刻书匠人们说的刻薄话，我都听见了。你急着用钱吧？我猜肯定是，拿着吧。这是我爹攒着留给我娶媳妇的钱，先借你了。"

这笔迹，他一看就知道是王六官人的。

周二郎连滚带爬，冲到仙林寺桥下要还高利贷，距离约定的时辰只过了片刻，他胆战心惊地问能不能通融通融。质库掌事却笑嘻嘻地奉承道："周官人讲信用，守时！钱的事不要紧，明日再还都可以。只是，有个小要求。"

"啊？"他诧异地张大了嘴巴。

在质库掌事的搀扶下，"无忧洞"的主人缓缓走了出来，竟是裴老。裴

老笑呵呵地说："想不到吧，这也是我开的。你来这里借钱的时候，我就觉得你眼熟啊，在一个讲穷汉发家的戏里演过角儿是不是？想了半天，我到底还是认出来了，原来你就是周二郎。"紧接着，裴老说了一个故事："许多年前的冬天，一个又饿又冷的穷乞丐因为机缘巧合，在郊外一座发生过凶案的废宅里挖出了一缸窖藏的金银器，从此发了财。靠着这天降横财做高利贷生意，乞丐成了臭名远扬的富商。"

周二郎越听越怕：这不就是我曾经写过的穷汉故事的前半部吗？当时我根据市井传闻编了这个故事，从未想过这竟然是真事，主角还是裴老。万一裴老以为我在写故事讽刺他……

他不敢再往下想了。裴老继续说："你也是的，干吗非要把穷汉老李写死？我是气坏了，给你家门口放菜刀。多努力的一个人啊，就不能让他享尽荣华富贵，长命百岁？我也托人给你送过润笔费，让你改一下他的结局，你啊就是不改。现在嘛，你改改吧，改完我们之间的债务就两清了。"

南宋·佚名《杂剧〈打花鼓〉图》
（北京故宫博物院藏，左边可能是
副净色，右边可能是副末色）

针笔匠
"斜杠老年" 想转行

南宋淳熙年间（1174—1189），某年腊月的最后一天。

临安三桥的一家客店里，六十多岁的徐元老早早就醒了，等到四更天的钟声响起，才慢吞吞地起床。旧年的末尾，临安百姓会全家人一起洒扫庭院，换门神、挂钟馗、钉桃符、贴春牌，祭祀祖先。徐元老活到这个年纪，已经没有太多的奢望，他只是祈祷来年能换一个挣钱营生。

为了省钱，他总是店比三家，挑最便宜的客店轮流住。腊月里雨雪连绵，官府体恤百姓，免了公私客店的租金，所以他这几天都住在三桥。

和他一起住的，还有一只瘸腿的猫、秃毛的狗、缺牙的猴，和一只常打瞌睡的老驴子。除了老驴，别的都是在街市上奄奄一息、被徐元老捡回来救活的。

眼看又要下雪了。

南宋·佚名《征人晓发图》（北京故宫博物院藏，图中可见乡间客店）

明·杜堇《水浒人物全图》（清光绪时期广东藏修堂刊本，图中可见"九纹龙"史进身上的刺青。刺青，又叫文身、雕青、花绣、锦体等，是南宋社会的一大时尚。专门给人刺青的针笔匠，又叫文笔匠、文墨匠人，即宋朝的文身师）

徐元老穿好斗笠蓑衣，在厚棉鞋外面套了一双高木屐，骑上老驴，怀着"上坟"的心情去了市南坊的陈花脚面食店。这是一家以刺青为噱头的主题饮食店，店主在脚上刺了青龙白虎，人称"陈花脚"。刺青，是南宋社会的一大时尚。

徐元老是一位专门给人刺青的针笔匠。他在陈花脚店门口租了一个草棚，每天在这里摆摊，日复一日地重复着他精通却并不喜欢的刺青工作，佛系地上着班。

除夕，大部分的商家都不营业了，陈花脚面食店也关着门。

一脸倦容的老人才坐进草棚，就听见面食店里传出了动静。他透过窗户瞄了几眼，看见桌下阴暗处有什么东西在动，难道夜里进了贼？这时，一个声音在他背后响起："元老，看什么？"店主陈花脚来了，来拿昨夜落下的几瓶酒。

"屋里，有贼。"徐元老看热闹似的缓缓说了句，惊得陈花脚抄起凳子就往里冲。

不速之客竟是个四五岁的孩子，长得白白胖胖，满头的红纨小髻，身上穿着锦缎衣裳。只是从头到脚都有些脏，像是在地上打滚了好久。

"酒不见了，又多出个野孩子，耽误我回家，得赶紧送他去官府。"陈花脚皱着眉头，不舍地掏出一小袋铜板，一枚一枚地塞给徐元老，说，"辛苦您老走一趟！"

徐元老收了钱，就立刻和小孩一起被轰出了面食店。

门关了，陈花脚走了。

大街上飘着雪，一些商家在门口叫卖着迎春牌儿、百事吉斛儿、炮仗和成架烟火。几个小贩撑伞吆喝着行人来关扑苍术、小枣，到处洋溢着年味。徐元老缓缓叹了一口气："衙门都放假了，正月初三才开门，我上哪儿还孩子去？"

"不送走，等下人找来，说我诱拐小孩

（传）北宋·苏汉臣《冬日婴戏图》（台北故宫博物院藏，画中男童的头上梳着很多小髻，都扎着红色发带）

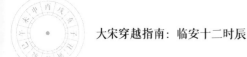

儿怎么办？"他想把孩子扔给陈花脚，但不舍得把到手的钱还回去。钱要是还回去，他就得到刺青摊上去挣年夜饭的钱。他可不愿意。

他就像拎着小鸡崽一样，将孩子提到了刺青摊上，缓缓问他："你家，在哪儿？"这疲惫阴沉的语气、了无生机的面孔，暴露出他常年做一份每天想转行的工作所积累的怨念。

孩子低头摆弄着刺青摊上的针和药水，就是不说话。问了好一阵，徐元老确定，这孩子是个哑巴。孩子把一堆刺青纹样图纸翻了又翻，一出神，嘴里掉了个拇指大小的磨喝乐出来。

"咦……不是七夕，谁会买磨喝乐？"徐元老慢慢摆弄着这个少见的小巧磨喝乐，发现底下刻着"吴百四塑"几个字，说，"陈花脚从来不在店里摆这个，这应该是孩子自己的。吴百四是谁呢？"

风雪中来了一个客人，徐元老还盯着小孩手上的磨喝乐自言自语。"吴百四？怎么，你也认识他？"那客人听见了，随口问了句，又说，"老翁，快给我刺一个'回头浪'。"这是在钱塘江里弄潮的少年留住，每年除夕都来找徐元老在自己身上加一个新刺青。

"你认识吴百四？"

"是啊，一个老货郎，整天带着小孙子走街串巷，怪不容易的。"

"他……在哪儿？"

"怎么，急着找他？四处走的货郎可不好找。不过我听说他最近总在西湖边，和一只卖玩具的关扑船待在一起……"

"你改日再来吧……"徐元老说着，慢慢收起了刺青工具。今天可以不坐摊，他觉得舒心极了，连常年阴沉的脸都亮了几分。

午时，临安的雪逐渐下大了，寒风袭人。

西湖这样大，找一个货郎无异于大海捞针。徐元老从驴身上的布囊里掏出一卷《西湖图》，上面标了西湖四周所有的道路、里程、景点、知名商铺和各大公私客店的地点等信息。这是宋朝的旅游地图——地经，也叫图经，临安白塔桥有专门向游人售卖地经的铺子。

徐元老慢慢翻着地经，圈出了西湖边常有关扑船停泊的几处景点：真珠园、苏堤两岸、小新堤、孤山路、断桥、大佛头……他是个"斜杠老年"，主业是文身师，副业是导游。他每天两点一线，奔走在客店和草棚之间，从一座牢房到另一座牢房。他早已厌倦了刺青的工作，已经无法忍受在刺青摊上熬过一个又一个毫无新意的日子了。

他年轻时就喜欢在业余时间游山玩水，对西湖景点如数家珍，厌倦了刺青工作后，常常想着兼职当导游。若是干得好，也许就再也不用去坐摊，可

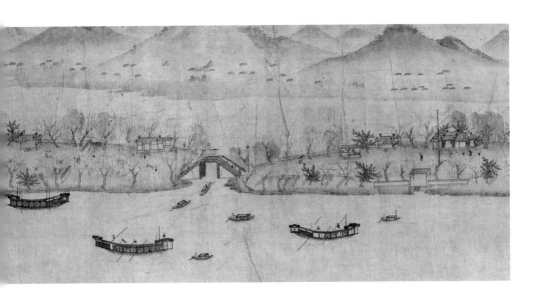

（传）南宋·李嵩《西湖清趣图》（弗利尔美术馆藏，局部，图中可见西湖边的船）

（传）南宋·李嵩《西湖清趣图》（弗利尔美术馆藏，局部，图中可见大佛头）

以像张花臂那样当职业导游——做个闲人，专门替富家子弟安排出游宴饮。他试过不收钱给人导游。尽管他知道如何设计一条好的游玩路线，但客人一看到他那张"工伤"形成的阴沉厌世脸，一听到他轻得像蚊子叫一样的声音，就没了游玩的兴致。一月又一月，一年又一年，他总说要转行当导游，却还是习以为常地在刺青摊上熬过一天又一天。

这回，他翻着《西湖图》，心想：年后，年后一定要离开刺青摊。

鹅毛大雪扑簌簌地落下。

每遇雪天，临安的富贵之家总要宴会饮酒，堆雪狮、雕雪山；诗人才子偏爱用腊雪煎茶，吟诗作曲；公子王孙干脆披上油绢衣、戴上红毡笠，骑马到西湖边看湖山雪景。湖上多的是游船和在船上围炉赏雪的游人……

徐元老和老驴，还有那个裹在大蓑衣里的孩子，都挤到了一艘老货船上，船上还有不少既想赏雪又想省钱的穷人。货船四周，几只装着各色吃食的小船绕来绕去地叫卖着。

徐元老四处张望，寻找关扑船，而裹在蓑衣里的孩子，露出两只小眼睛，大哭了起来。"哭什么？这船不稳当？"徐元老烦躁起来，"别哭了，再哭就把你扔进湖里喂鱼。"他说得很慢，语气几乎没有波澜，配上那张阴沉的脸，这话显得很可怕。

一个妇人提醒他："你孙子该是饿了？"

"我孙子？"徐元老一怔，带着小孩和老驴在苏堤施灯水庵附近下了船。这里有许多小贩卖吃食，价格比湖船上的便宜许多。一个穿戴蓑衣斗笠的老人，一动不动地坐在火炉旁边，他驼着背，身上堆满了雪，看着像一条大白狗。徐元老就在老人这里买了煎豆腐和热茶汤。

小孩呼着热气，吃得可香了，时不时咂巴嘴。徐元老这才仔细打量起蓑衣下的孩

南宋·李迪《雪树寒禽图》（上海博物馆藏）

（传）北宋·苏汉臣《卖浆图》（出光美术馆藏）

子——小脸冻得通红，一双捧着茶碗的小手布满了裂纹。徐元老的心像被冰尖戳了一下，从布囊里掏出一个小瓷盒，笨拙地把里面的膏脂糊到小孩的脸上。他的冰手和冷脸吓得孩子连连后退，连煎豆腐也不敢吃了。

"这是防冻面油，"徐元老感受到了孩子的不安，挤出一个难看的笑容，慢慢地说，"刺青的时候，我用来涂手的，好东西。"他的语气和神情都缓和了许多，又拉着小孩的手擦油，好像心里某种温暖的记忆被唤醒了。

小孩不再抗拒，吃着热茶汤，冷不丁打了个喷嚏，忽然朝着他甜甜地笑了笑，那童真可爱的笑容使他恍惚起来。"糖豆……"这一刻，他感觉握着的就是自己小外孙的手，那个七岁就死了的小外孙。

怀着一种痛苦又欢喜的心情，他给小孩买了一包糖豌豆，还特地嘱咐小贩在上面撒了一大把红糖粉。这是小外孙"糖豆"最喜欢吃的果子。

"你有名字吗？我叫你糖豆，好不好？"

小孩怔怔地看着他，不知是不是听懂了，竟点点头。徐元老鼻子一酸，想摸摸孩子的脑袋，却听见背后"呼"的一声，回头一看，那卖茶汤的"大白狗"倒下了。老人已经没气了。

"来人，来人啊！"徐元老回过神来，大喊着，又掏出一袋钱，喊道，"谁能送他去漏泽园？这钱拿走！"人们围了过来，一个小贩拿了钱，背着死去的老人走了。

徐元老半蹲着，把"糖豆"抱在怀里，捂着他的眼睛，像是自言自语："糖豆别怕。要是哪一天我也倒在路上，不动了，你也像这样，拿一袋钱让人把我送到漏泽园……"漏泽园是宋朝的福利公墓，专门收容无地可埋的逝者。徐元老孤苦一人，身上常揣着一袋钱，留给将来埋他的人。

"糖豆"不吃糖豌豆了，在徐元老身旁坐下，挨着他。徐元老被这个无声的安慰打动了，他把孩子抱到驴背上。老人牵着老驴，在大雪中沿着苏堤往断桥走，一边找着关扑船，一边慢慢说起了自己的家人："我曾经有个女儿，出嫁不久就香消玉殒了；也有个儿子，在将婚之年病故；唯一的小外

南宋·梁楷《雪栈行骑图》（北京故宫博物院藏）

199

孙，玉雪可爱，常常在我的刺青摊上玩儿，只活了七岁，一场小小的风寒就带走了他……"

一路走啊走，他们身上积的白雪越来越多，终于到了断桥边。桥边人头攒动，挤满了看"断桥残雪"的游客，这儿也停着一只关扑船。船主敲着锣叫卖傩戏面具，吸引了一大群人。人群边上，一个老货郎就站在空荡荡的货郎担旁，抱着一个小孩笑眯了眼。

宋·叶肖岩《西湖十景图·断桥残雪》（台北故宫博物院藏，局部）

"这白胖孩儿，我昨天见过的。"老货郎吴百四听徐元老说了事情原委，拿着"糖豆"的小磨喝乐说，"我只做了这一个拇指大小的，给我孙子果儿玩。昨天傍晚，我们在钱塘门遇到了一对父子，这孩子哭闹着要我果儿手上的小磨喝乐，当爹的就买走了。"

"他长什么样？"

"戴着个风帽，遮住半张脸了，看不太清楚。哦，我收钱的时候，好像看见他右手指尖上有个蛇尾刺青。"吴百四想了想，又说，"他还对孩子说，爹给你买了磨喝乐，就回清河坊张家匹帛铺的新家。"

雪越下越大，天也黑了。

入了腊月，街市上的穷人就三五人组成队，戴上傩面具，装扮成神鬼、判官、钟馗和小妹等模样，敲锣打鼓，挨家挨户讨钱，俗称"打夜胡"，也有驱傩祈福的意味。一些儿童戴着傩面具模仿大人们驱傩的样子，在街市上闹成了一片。

在去往张家匹帛铺的路上，"糖豆"的魂儿都被"打夜胡"的孩子们勾去了，手舞足蹈也要跟着玩儿。徐元老从布囊里掏出几瓶药水，在"糖豆"脸上画了一张傩面具。

宋·佚名《大傩图》（北京故宫博物院藏）

药水五颜六色，专门用来刺青后上色。色素沉于皮下组织，就不会褪色了。要是没有刺破皮肤，涂了以后可用清水洗去。

"喜欢吗？"徐元老给"糖豆"看镜子里的自己。这孩子瞧着花脸，一蹦三尺高，紧接着他就被徐元老背了起来，混进了"打夜胡"的游行队伍。不光是孩子兴高采烈，老人也感受到了他数十年来从未有过的快乐。

可快乐有些短暂。

他们跑了几家"打夜胡"，敲开一家门时，一个疯癫的和尚从门里冲了出来，怪笑着在队伍里乱窜。人们都被吓坏了。吓人的不是这人的疯癫行为，而是他的那张脸。

这是一张惨不忍睹的脸，好像有人在他脸上乱打草稿，满是刺字，既有军号，又有各种大小不同的圆环、方环，还有"逃跑"的字样，从额头到下巴再到耳后，没有一块干净的皮，就连眉毛处都有刺字。

徐元老一看就知道，这人不是和尚，有刺青的人是不许出家的。他应该是个曾被刺配流放的犯人，还当过兵。

宋朝时，官府会让针笔匠在犯人皮肤上刺图案：杖罪的在耳后刺圆环，徒罪和流罪刺方环，累计犯杖罪三次就改刺脸上，犯了严重"强窃盗罪"的人，就在额头上刺"强盗"二字，方便抓捕。南宋时招兵，会在士兵的额头上刺军号，在手背上刺姓名，甚至有些士兵就是刺配的囚犯，人称"贼配军"。

这一会儿，疯癫的"贼配军"吓坏了众人，许多人指着他的脸，惊恐万状。疯子张开两手用手掌拼命去遮挡脸上的刺字，嚷着："刺青的都是梁山好汉，九纹龙史进、花和尚鲁智深……"他手里像是挥着一把看不见的刀，把孩子们都逼到了墙角，"糖豆"就在里面。

一向慢吞吞的徐元老急了，像秋天的蟋蟀一样蹦来跳去，想把"糖豆"抢出来，但他根本近不了"贼配军"的身。情急之下，那张打满金印的脸让他计上心来。

身为一个针笔匠，他太了解这些刺面的犯人需要什么。他跟跄着从驴背上扯下布囊，掏出一个天青小瓷盒，对着"贼配军"大喊："我有药，能消刺字！"

疯子一愣，面目狰狞地奔向小瓷盒。人们趁他犹豫的一刻，把他按在了地上。

徐元老小跑着，抱住了同样朝他小跑过来的"糖豆"。"糖豆"摆弄着布囊里的刺青针笔、上色药水等物，时不时抬头看看徐元老，那神情分明在说："阿翁了不起。"

徐元老笑了。他回想起当初自己是为什么想做针笔匠：那时他还是个懵懂少年，跟着做针笔匠的舅舅到一户人家里刺青，舅舅在那家男子的背上刺了"尽忠报国"四个字。很久以后他才知道此人就是名将岳飞。离开岳家时，他就打定主意要当针笔匠。

后来，他给许多人刺青，有坐在龙舟上表演的锦体浪子，有翻腾在钱塘江里的弄潮儿，有在皇宫门前上竿抢金鸡的杂技艺人，甚至有隐瞒身份悄悄来找他的皇室赵姓后裔。只是再也没有像岳飞这样刺"尽忠报国"的人。

这么多年，他以为自己早就厌倦了这一

南宋·刘松年《中兴四将图》（中国国家博物馆藏，局部，岳飞像）

份失去光环的工作，现在才明白："原来啊，我还是喜欢当针笔匠的。"

大街上响起了小儿的喧呼声，他们唱着："卖汝痴！卖汝呆！"这是年俗——小儿卖痴呆，儿童们都希望变得聪明，所以争相卖痴呆。徐元老掏出了一枚铜板，塞给"糖豆"，说："拿着，买汝痴！买汝呆！"一老一小都笑了。

过了戌时，他们才到清河坊的张家匹帛铺。

铺子早关门了，门前亮着两盏彩灯。隔壁就是张家的宅院，灯火通明，传出一阵阵的歌乐声、笑闹声。大门虚掩着，一个梳着博焦头的小孩坐在棉毯上摆弄着成堆的玩具，大人站在旁边乐个不停。

徐元老舍不得送走"糖豆"，他觉得"糖豆"也不想离开他。望着庭院里其乐融融的景象，他还是敲了大门。

好一会儿才有小仆人来，问："什么事？"

清·曹夔音《范成大卖痴呆词图》（台北故宫博物院藏。南宋范成大有一首《卖痴呆词》，介绍了宋时小儿卖痴呆的风俗）

"这可是你家小主人？丢在外头，我给送回来了。"徐元老指了指"糖豆"。

小仆人没有回答，神情古怪地到胖主人身边，说了什么。胖主人回头看了他们一眼，面露不快。"家里没丢孩子。你找错了，快走吧。"小仆人说完，关上了门。

徐元老站在门口傻眼了，问："糖豆，这是你家吗？""糖豆"愣愣的，既不点头也不摇头。有那么一瞬间，徐元老甚至有些高兴：也许糖豆没有家？那么、那么……

"哎哟，爹终于找到你了！"一个戴着风帽的男子不知从何处跑了过来，哭着抱起了"糖豆"。"糖豆"看见他也哭了，脸上露出了惊惧的神色。

徐元老仔细一瞧，这人瘦瘦高高，右手有个蛇尾刺青，看来就是老货郎说的那位。"糖豆真是吓坏了啊，小脸都青了，但他终于找到家人了。"他想着，既高兴又难过，想再多说两句，可男子已经抱着"糖豆"跑了。

"也好，"徐元老怅然若失，回过神来又笑了，"回家就好，大过年的，还能和家人一起吃热乎的馎饦。"

此时，张家院子里响起了爆竹声，一道烟花蹿上夜空绽放出万道绚丽的星火。他望着这满天星火，由衷地感到快乐。站了一会儿，正想走了，张家的小门却开了。

小仆人偷偷摸摸出来，说："那人是人贩子！"

"什么？"

"我家主人昨天在钱塘门外的湖船上看上了那孩子，都谈好价钱了，但是到了昨夜约定交人的时间，他没有送孩子上门。今天，这人贩子来了好几趟，不久前才给我家主人换到了满意的孩子。然后你就来了。我家主人可不想让人知道他买孩子。我看那孩子真可怜，据说换了好几家才到我主人这里的，你看……"

他话还没说完，徐元老已经去追人贩子了。

"糖豆"被带到哪里去了？

雪地白茫茫一片，徐元老还是发现了撒在地上的糖豌豆，沾着鲜艳的大红糖粉。他喜极而泣，跟着白雪上的红色痕迹，一路找到了清河坊西的一处偏僻破院子。

院子里传出了一句呵斥声："还敢不敢跑？"

徐元老听出了人贩子的声音，不敢打草惊蛇，一边往墙头上爬，一边听人贩子说："昨夜我只是吃了点东西，你就趁机跑了，还自作聪明往篮子里放了几瓶酒，以为我不会发现？我这就打断你的手脚，让你当乞丐要钱去，让你跑！"

雪夜中，徐元老看见人贩子已经摘了风帽，额头上赫然刺着"强盗"两个字。他还不顾寒冷脱了上衣，露出从右手指尖绕到胸前的一条大青蛇文身，手里拿着根木棍，恶狠狠地恐吓"糖豆"。

"贸然闯进去，他看见只有我一个老头，必定下死手。"徐元老跳下了墙，听着里面的骂声，心急如焚，想到"强盗"二字，他决定赌一把。

他粗着嗓子大喊起来："官人，怎么深夜还在悄悄办差？你说什么？哦哦哦，是抓歹人来了，好啊，抓人贩子？抓！都抓起来！"他又多说了一句，"辛苦辛苦，我请官人和官差们吃糖豌豆，还是撒了红糖的。"这话是想让院里的"糖豆"知道他来了。

这一场自导自演惊险至极，赌的就是犯人见官就要跑的心理。徐元老知道这些脸上刺着"强盗"的人，多半是逃亡了躲起来的，最怕被官府发现。

他赌赢了。刚听到人贩子翻墙逃跑的动静，"糖豆"就从里面打开了门，

南宋·夏圭《雪堂客话图》
（北京故宫博物院藏）

扑到徐元老怀里。

"伤着没有？不怕，没人打你了。"徐元老上下打量着孩子，背起他就往系在清河坊口的老驴那边走，骑上驴子又跑了好一阵，终于走到大街上人多的地方了，才说，"可怜的孩子，我怎么找你爹妈？我一个老人家，就怕哪天不中用了……"他鼓起很大的勇气，对"糖豆"说："我送你去慈幼局好不好？"

"糖豆"愣愣地看着他，忽然开口说："不，我不去！"

"哎呀……你……"徐元老又惊又喜，原来"糖豆"能说话，不是哑巴。他抚摸着"糖豆"的小脑袋，轻声问了一个又一个问题，这孩子虽然年纪小，但生得机灵，把事情都说清楚了。

孩子只有个小名叫"麻团儿"，一出生就被送到明州的一处慈幼局里，两年前被卖给了人贩子。人贩子经常打他，伤口都在隐蔽的地方。为了不挨打，他牢牢记住了人贩子的话："不论我说什么，你都得点头答应，不准摇头，也不准乱说话。""旁人说什么，你都不能开口。""在外人面前，你要叫我'爹'。"人贩子养了他两年，养得白白胖胖的，又给他穿上好衣服见买家，想卖个好价钱。昨夜，人贩子想送他去张家，半路上在陈花脚面食店歇脚，他趁人不注意就逃了，一直藏在面食店里。

　　"糖豆，不，麻团儿，你愿意跟我回家吗？"徐元老伤感又期待地问，话音未落就听见麻团儿兴奋地喊了句："阿翁，我们回家！"

　　除夕之夜，徐元老多了一个家人。在他那窄小的客店屋子里，除了摆在中间的火炉，消夜果子，新认的小孙儿，还有猫、狗、猴和老驴。他们在床底下点灯"照虚耗"——虚耗是传说中一种会使人变穷的鬼。他们一边听着窗外的爆竹声一边喝"人口粥"，在烛光中守岁，迎接新的一年。